出会うときにはいつも見知らぬ私たち

Strangers When We Meet

本山冬空

MOTOYAMA　Fuyuzora

カバーデザイン　はやんこやいん

目次

Blank screen tv
Preening ourselves in the snow
Forget my name
But I’m over you

何も映っていないテレビ
雪の中で僕たちのことを誇らしく思う
僕の名前は忘れてくれ
でも僕は君のことを吹っ切れたよ

（Stranger When We Meet／David Bowie）

出会うときにはいつも見知らぬ私たち

本山冬空

プロローグ

その日、世界は真っ白に染め上げられた。
哀しみだとか、
憐れみだとか、
そんな薄汚れた感情は既に遠く、
ただただ白い。
限りなく純粋な白。
世界はゆっくりと回転している。
一巡りして振出しへ戻っていく。
ゴールとスタートは常に等価値。
またしても愛する人を喪《うしな》ってしまった。
あらゆるケースを想定した。
何度もシミュレーションを重ねた。
それなのに愛する人を喪ってしまった。
どこが駄目だったのか。
何をしくじった。

ホワイトアウト。
四肢の感覚が失われていく。
寒い。
暴力的な雪が世界を白く塗り潰す。
ここは時の迷宮。
私は籠の中の虜囚。
過去を変えても未来は変わらない。
同じ結末へと収斂《しゅうれん》していく。
だから。
守れなかった。
しかし。
諦めはしない。
たとえ囚われの身だとしても。
現世《うつしよ》から距離を置き身を隠す。
過ぎ行く時間を数えながら。
一七〇年後に再び出会う、
その時まで。

第一章　それぞれの起点

僕の凶暴性が涙をシーツの上に雨のように降らせる
僕はうろたえてしまう
出会う時には僕達が他人同士だということに

春

森の中は春だった。
花盛りの山桜から零《こぼ》れた淡い色の花びらが、風に吹かれ、はらはらと舞い落ちる。
日陰では少し肌寒くっても、日向に出れば心安らぐ温《ぬく》もりが感じられた。
いつまでも浸《ひた》っていたいと思える心地良さに、私は足を止める。
背負っていたカゴを下ろし、大きく息を吸い込んだ。
体の中が真新しい空気で満たされていく。
山菜採りにはうってつけの日。
こんな日は心も軽い。
だけど——。

どうしてなのか。

つい幾日か前、森の中は淋しくて足を踏み入れるのすら気が滅入ったというのに。

同じ森でも季節が変わると、こうも印象は変わってしまうものなのか。

寒さという体の痛みを、淋しさという心の苦しみだと誤って感じ取ってしまったのだろうか。

いや、そもそも同じ森だという考え方が間違っているのかもしれない。

同じなのは山そのものの形と、そこに生えている木々だけで、そこに生きる動物も、虫も、ある物は死に、ある物は冬の眠りに就き、起きている物も必要最低限の営みしかしていない。

木々ですら葉を落とし、深い眠りに就《つ》いているではないか。

冬は、山そのものが冬眠している。

だから――。

「淋しいに決まっているじゃないか」

ふと口にしてしまってから、人の気配を感じ、振り返って後を見る。

桜の花びらが一枚、風に吹かれて目の前を過《よぎ》った。

誰も、居なかった。

辺りを見回してみるが、前にも後ろにも道が――微《かす》かに見て取れる程の獣道《けものみち》の様な心許《こころもと》ない山道が、山桜の木々の合間を縫《ぬ》って細々と続いているだけだった。

道の両側はどちらも急な斜面で、片方は壁のようにそそり立ち、もう片方は崖の様に切り立っている。

身を隠せるような物陰はない。
どこにも人影は見当たらなかった。
当たり前だ。
こんな山の中で人に行き会うことなど、そうあることではない。
誰かいるとすれば、それは村の者。
村の者なら、私を見れば声をかけてくるだろう。
彼らは、はるか遠くからでも構わずに大声を出すのだから。
気取られずに忍び寄るなんて、それは獲物を狙う獣か――。

物の怪の類《たぐい》。

思わず身震いした。
その時。
私の後ろで木の枝が激しく揺れた。
頭の上を風が音を立てて吹き抜けた。
桜の花びらが渦を巻きながら遠ざかる。
私にはそれが龍の飛び去った跡に見える。
鉄の塊でも呑んだように、胸の辺りが重い。

心が、良くない兆《きざ》しを感じ取っている。

山の怪にでも出くわしてしまうのか。

せっかく気持ちよく山菜を採っていたというのに、急に嫌な気持ちになった。

私は、もう一度ぐるりと見渡す。

おかしな物は何も見当たらない。

「まさか——ね」

私は気を取り直し、山菜で重さの増したカゴを背負い直す。

日が延びたとは言え、ここは山の中。

もたもたしていたらすぐに暮れてしまう。夜の山は、物の怪が出なくたって、危ない。

私は大きく息を吸い込んで歩き出す。のんびりしていられるほど暇ではないのだ。

歩き始めてすぐに、額に一粒、雫《しずく》が当たった。

私は足を止める。

見上げると木々の間から覗《のぞ》いた青空に、トンビが一羽、輪を描いて飛んでいるのが見えた。

そして、晴れているにもかかわらず立て続けに二粒、三粒と雫は降って来る。

天気雨だった。

こういうのを、キツネの嫁入りとかいうのではなかったか。

雨は降り続けているが、雨脚は強くはない。

いずれにしても本降りにはならないだろう、そう判断して視線を下に戻すと——。

目の前に人がいた。

男だ。

思わず野太い大声が出て、咄嗟《とっさ》に突き飛ばしてしまう。

「うわっ」

彼は体勢を崩す。

何が起きたのか判らないという顔だ。

そのままよろめいて道から足を踏み外す。

いけない――。

そちらは崖。

私は手を伸ばす。

彼の腕を掴んで力を込めて引っ張った。

しかし、体つきの差と無理な体勢のせいで、引き戻すどころか一緒におちていく。

斜面を転げ落ちているのが分かる。

上も下も判らない。

何度も木の枝が折れる音が聞こえ、幾度かそれとは別の鈍い音がした。

こんな時には体は伸ばしていた方が早く止まるのか、丸めていた方が安全なのか、そんなことを考えた。

結局、自由は利かず、どちらとも付かない中途半端な格好で転がり続けた。

ほんの数秒が、何分にも引き延ばされたように感じる。

ようやく止まった。

おそるおそる目を開けて見ると、目の前にさっき見た男の顔があった。

気を失っているのだろうか、目はつぶっている。

私の体は、彼の両腕でしっかりと包まれていた。

守ってくれたのか、たまたまそうなったのか定かではないが、おかげで少なくとも私は怪我をしていないようだった。

上体を起こして辺りを窺《うかが》った。

二畳ほどの、広くはないが平らに開《ひら》けた場所だった。

おかげで崖下まで落ちずにすんだのだろう。

私は男の腕を解《ほど》いて立ち上がり、全身を検《あらた》める。

右腕に少し痛みを感じたので袖を捲《めく》って見てみたが、傷はなかった。

安堵して腕を下ろした——その時。

背後から一陣の風が吹き付けて、私の髪を乱した。

悪態を吐《つ》きそうになるのを堪《こら》えて、手櫛《てぐし》で整える。

小さく息を吐いてから振り返ると、目の前に、明らかに周りとは趣《おもむき》の異なる木が一本、立っていた。

知らない木、だった。

もちろん、日頃から慣れ親しんでいる山ではあっても、そこに生えている木を全て把握しているわけではない。

だから、見覚えのない木だってあるだろう。当たり前だ。

だけど――。

私は、この木の種類を知らない。

見たこともない種類の木だった。

歩み寄って、そっと幹に手を触れる。

木肌《きはだ》と枝振りは松のようだが、葉は桜のそれに似ている。

やはり、こんな木は見たことがない。

さらに奇妙なことに、この木の幹には縦に二つ大きな穴が貫通していて、向こう側が見えた。

大人が腕を回せば抱えきれるほどの太さの幹に、私の腕がすっぽりと収まるくらいの大きさの穴が二つも空《あ》いている。

元から空いていたのだろうか。

穴の中も木肌は途切れていない。

鑿《のみ》で穿《うが》ったりした様子も無い。

少し後ろに下がって全体を見渡す。

松の幹に桜の葉、幹には貫通した穴が二つ。

つくづく奇妙な木だった。

私は詳しくないが、山の中に一本だけ、周りにない木が、いきなり生えたりすることがあるのだろうか。

誰かが植えたのだろうか。

だとしたら、なんのために。

気配を感じて振り返ったが、やはり誰も居ない。

誰かを捕まえて、この木のことを尋ねたかった。

一人で考えても分かりそうもないので諦《あきら》めた。

答えも出ない問題にかかずらわるのは時間の無駄だ。

それに、今は、この場所から抜け出すことが先決だろう。

見上げると、元々いた道はすぐそこに、手を伸ばせば届きそうな所にあった。

思ったほどには落ちていなかった。

それでも急な斜面は、そう易々《やすやす》とは上れそうもない。

しゃがんで男の様子を見てみる。

息は、している。

見て取れるほどの怪我はしていないようだった。

見覚えのある顔だった。

どこかで会ったことがあるのか。

しかし思い出せない。

きっと気のせいだろう。

村の者以外に顔見知りなどいないし、外から来て会った事のある者なら、滅多にないことだからそれこそ決して忘れることはない。

それにしても、ここからどうやって上ったものだろうか。

自分一人ならなんとかなりそうだが、どう考えてもここを人一人背負って上れるとは思えない。

一度村に戻って人手を集めなくてはならない。

綱もあった方が良いだろう。

手伝ってくれそうな面々を思い浮かべながら、私は崖のような斜面を這うようにして上り始めた。

地面には野草が色とりどりの花を咲かせている。

カタクリ、タツタソウ、キクザキイチゲ、フクジュソウ。

ひとつひとつ名前を確かめて、気を紛らせる。

オオバキスミレ、シラネアオイ、キバナノアマナ、エゾエンゴサク。

少しだけ気持ちが落ち着いた。

途中でカゴを拾いあげ、溢《あふ》れて散らばった山菜を戻した。

カゴの近くに黒塗りの小さな木札のような物が落ちていた。

漆《うるし》を塗ったように黒光りしていて高価な物のように思えたが、今は拾って確かめている余裕はなかった。

夏

森の中は夏だった。

周囲に溢《あふ》れる植物達が、自らの優位性を証明するかのように、頻《しき》りに己の枝葉を高く掲《かか》げてギラギラと誇示《こじ》していた。

そのせいで視界の大半が緑色で占められるという事態に陥っている。

足下から立ち昇る草いきれが強く鼻を衝《つ》いてくる。

予想していたよりも、はるかに暑い。

額から滲《にじ》み出した汗が目に入り、大層不快だ。

夏とは言え、こんな北の地で、しかも山の中だからと、春先の出で立ちをしてきたのがそもそも間違いだったようだ。

いっそのこと上着を脱いでしまおうかとも考えた。

しかし、その下は肌着一枚であり、鬱蒼《うっそう》とした森の中では、流石《さすが》にそれは無防備にすぎる格好に思われた。

用心して整えた装備が完全に裏目に出てしまっている。

村を出る時に誰か忠告してくれても良さそうなものなのに。

祖父すら何も言ってくれなかったのは恨《うら》めしいこと、この上ない。

まあ、身近な人間に恵まれないのはいつものことだ。諦めよう。

祖父は長年飼っているネコを二匹とも両脇に抱えて悠長《ゆうちょう》に見送ってくれたが、思い返すと、その長閑《のどか》な空気すら癪《しゃく》にさわる。

時には田舎の速度《ペース》に憧れもするが、暢気《のんき》すぎるのも考え物だ。

生活の調子《リズム》が違いすぎて、都会の暮らしに慣れた身では合わせられる気がしない。

暢気でいられるのも、それだけ危険が少ないということか。

生活圏内に危険が存在しないがために、危機管理に対しても無頓着なのだろう。

だから誰も他人のことには疎略で、余所者《よそもの》が季節に不釣り合いな格好で山に行くのも咎《とが》めないし、山に関しても正確な情報を与えてくれはしない。

「話が、違うじゃないか」

そう。

この山は事前に聞いていたよりも険しかった。

傾斜こそ緩《ゆる》いものの、ゴツゴツとした歪《いびつ》な岩が足裏を突き上げてくる上に、密生する植物で視界も限られて見通しが効かない。

そのせいで足を踏み外して崖から滑り落ちる始末。

まったく、ついていない。

幸いにも崖の途中に平らな出っ張りがあって滑落が止まったから良かったものの、こんな山の中で、ろくに身動きも取れない狭い空間に、一人取り残される結果になってしまった。

見上げると元々いた所までは三メートルほどしかなかったが、右足を挫《くじ》いてしまったようで、痛みで踏ん張りがきかない。

僅《わず》かな距離とはいえ、急な斜面を登り切る自信はなかった。

麓《ふもと》の詩季《しき》村からは、徒歩で三十分ばかりも離れているから、上の道を誰かが通りかかるのを待って助けを求めるのも難しそうだ。

可愛い孫が戻らないことに、果たしていつ頃祖父は気付いてくれるだろうか。

そういえば戻る時間は言い置いて来なかった。

数日は覚悟しておいた方がいいかもしれない。

なにしろ祖父は暢気なのだ。

素人考えでは、元のルートに戻らなくても、このまま斜面を下りて行けば、いずれは麓まで辿《たど》り着けるような気もしなくもない。

だが、迷った山で闇雲に動いて遭難したという話はよく聞く。

大人しくここに留まった方が賢明だろうか。

——ここから動かない方がいい。

誰かに、頭の中へ直接語りかけられたような気がした。

虫の報《しら》せと言うやつだろうか。

幻聴か。

それとも麓で聞いた例の男だろうか。

「誰か――居ますか？」
問い掛けて、辺りを見回してみるが、返事はない。
周りの草木は硬質化したかの様に動きを止め、風音すら聞こえない。
名も知らぬ樹々が人の背丈ほどの茂みを作り、視界は完全に遮《さえぎ》られている。
凶暴な緑色のモンスターに取り囲まれているような気分になった。
入ってはならない禁忌の場所に迷い込み囚われてしまったのだ。
ここに貴様の居場所はない――そんな宣告をされた気がする。
静けさと、暑さと、疎外感。
そして――。

既視感《デジャブ》。

間違いない。
この状況は既に経験済みだ。
心臓の鼓動が早まるのを感じる。
呼吸が浅くなっているのに気が付いて大きく息を吐いた。
二度、三度、息を吐く。
最後に大きく吸い込み、目を瞑《つむ》りゆっくりと十まで数えながら吐き出した。

気付くと地面に座り込んでいた。腰を抜かしたという表現の方が相応《ふさわ》しい。

項垂《うなだ》れた目が地面を捉える。

腹式呼吸に切り替え、鼻から吸って口から出す。

後頭部から噴き出した汗が顎先から滴り落ちた。

ようやく心臓も落ち着きを取り戻し、呼吸も通常の状態に戻った。

いつもの発作だった。

小さい頃から、既視感に襲われると心臓の鼓動が速くなり、過呼吸に陥《おちい》る。

病院で検査を受けても心肺機能に問題は認められず、何らかの精神的外傷《トラウマ》だろうとの結論だった。

そもそも精神的外傷になるような経験に心当たりなどないのだが――。


この地を最後に訪れてから、かれこれ十五年になる。

亡き母が若い時代を過ごした土地。母方の祖父が今も暮らす、詩季村。

小学校に上がる前に母に連れられて訪れている。

既に物心は付いていたと思うのだが、その時の記憶は何故かひどく曖昧《あいまい》で、殆ど残っていない。

祖父の家のネコを抱き抱えて、どこか怯《おび》えたような不機嫌な表情で撮られた写真が何枚か残っているが、何故そんな顔をしているのかもさっぱり分からない。

よほど嫌なことでもあったのだろう。

今回の再訪は、大学での論文のための実地調査が主たる目的だった。

民俗学という、贔屓《ひいき》目に見ても人気があるとは言えないマイナーな専攻で、研究テーマを街談巷《がいだんこう》説《せつ》という奇異な物にしてしまったせいで、あまり同志もおらず、自然と単独行動せざるを得ない。

広くもない民俗学界隈の中でも、権威とは遥かに縁遠い末席に、辛うじてぶら下がっている状況だった。

すべては自らの選択が招いた結果だから文句は言うまい。

思えば、幼い頃から他人とのコミュニケーションが苦手であった。

いや、苦手というより嫌いだった。

人は嘘を吐く。

悪意からだけではない。他人を慮《おもんぱか》って虚偽を申告し、内心を隠すために建前を披露する。

むしろ嘘は健全なコミュニケーションには不可欠なツールである。

それは解る。

それは解るが、他人の嘘が透けて見えることに、どうしても耐えられない。

皆、嘘を吐くのが下手すぎる。

どうせ嘘を吐くなら相手に見抜かれないようにすべきだし、好きでもない対象に好意を示したいなら最低限の演技力を身に付けるべきだろう。親しくもないクラスメイトに、張り付いた笑顔で近寄ってこられても、対処に困るだけだ。恐怖すら感じる。つまりは、下手な三文芝居を見せられているようで居心地が悪いのだ。

いじめられていたわけではないが、学校に居場所はなかった。

だから、中学高校と勉学に逃げた。友達付き合いを避ける口実として。学校では勿論、家でも現実逃避の一環として勉強し続けた。

結果として、成績は常に学年トップで、敷かれたレールの上を行くように大学へと進学した。

そのことを両親は喜んでくれたし、自分の選択を尊重してくれることには感謝もしている。しかし、そもそも進学は目的ではなく、ただの結果でしかなかったので、特に嬉しくもなかった。

むしろ、やりたいことを見つけて、早々に自分の進むべき道を行く級友たちに後れを取っているという感覚の方が強かった。


合格発表の直後、一番喜んでくれていた母が他界した。

交通事故だった。

夕飯の買い出しに出かけた帰りに、車に撥《は》ねられた。

事故自体は小さなもので軽く当てられた程度だったが、打ち所が悪かったそうだ。

母の遺体は、死んでいるとは信じられないくらいに綺麗だった。

眠っているだけのように見えた。

もしも過去に戻れるなら。

過去に戻って母の行動を変え、時間か場所をほんの少しだけずらすことが出来たなら、彼女は今でも元気に暮らしているのではないだろうか。

そんなことを夢想する。

大学に入学して意外だったのは、嘘を吐く者が比較的少ないことだった。

本心をさらけ出し、本音で語り合っている者が多かった。意思伝達を優先した結果だろうか。まるで、目的地までの最短ルートを割り出そうとしているようでもある。おそらくそれは高効率化の果てに行き着いた最適解なのだろう。

嘘の少ない日常に、入学後しばらくは居心地が良かった。

ようやく自分の居場所を見つけた気がした。

しかし、それも最初のうちだけで、次第に状況は変わっていく。

しかも、悪い方向に。

在学生は折からの学生運動に明け暮れる者ばかりで、いわゆる左寄りの思想に浸かっていた。無垢だった新入生も徐々に不穏な思想に染められていくのが容易《たやす》く観察された。嘘を吐かない純粋さは維持したままに。純粋ゆえに染められやすいのだ。

やがて、半年も経つ頃には、あどけなかった面影を喪失した、異形の物が完成する。

言葉は通じるが、もれなく話は通じない連中だ。

そんな連中に散々勧誘されはしたが、極端に偏った思想に傾倒できるはずもなく、そういった連中とは特に馴染むこともなく現在に至っている。

結局、嘘を吐かれるのが嫌だとかは言い訳に過ぎず、集団の中で他人と馴染むことが苦手なだけであることが判った。それだけでも良しとしよう。

他人との交流から逃げてきたから、孤独になる。まさに、自業自得だ。

大学での研究テーマが街談巷説であることを告げた時に向けられる、憐憫と愚弄が混在した奇異な視線。孤独な道を突き進んでいる自覚はあるが、今さら引き返すわけにもいくまい。近頃ではそんな視線を向けられることが、気恥ずかしさから、一種の快感へとすり替わる瞬間さえある。

需要の乏しいことに携わるのが、案外と性に合っているのかもしれないと思ったりもする。

しかしながら、街談巷説が日常生活においては重要ではないとしても、民俗学の研究としては不可欠なものだという自負はある。矜持《きょうじ》と言っても過言ではない。

意固地になっているだけではない、という余地は大いにある。

何故なら、今この時代に街談巷説を取り巻く環境が、ダイナミックに変化しているからだ。

それは伝達手段の変化である。

かつてはもっぱら口伝えだったものが、マスメディアを介したものへと変化している。勿論、今時の子供たちだって噂話やゴシップが大好きで、使命感に駆られたように流言飛語を喧伝する。変わったのは、それらの情報がマスメディアによって一元化され、一気に拡散されるようになったことだ。それも画像や映像が付与されてである。

街談巷説の類に本物の画像などないから、使われるのは想像図《イメージ》である。

それによって良くも悪くも印象が統一されてしまう。このイメージの統一が、今後どんな作用をもたらすのかも注視しなくてはならない。この分野におけるマスメディアの影響は今後も強くなっていくことだろう。

今回調べているのも、雑誌に掲載された読者からの投稿だった。

それはタイムスリップを経験したと主張する男の話だった。

その男は、仕事で営業先を回っていた。

まもなく正午という時間帯。夏の強い日差しが脳天に照り付ける。男は急に意識が遠のき、気を失ってしまう。そして気付いた時には、まったく知らない場所にいたという。

季節は夏。鬱蒼と草木が茂る森の中。

なんとか森を抜け民家のある辺りまで辿り着いたが、そこには時代劇に出て来るような茅葺《かやぶき》屋根の古民家が並んでいた。

時代劇のセットにでも迷い込んでしまったかのような感覚。

古めかしい服装に身を包んだ住民に問いかけても言葉が上手く通じない。日本語のようだが訛りが強すぎるのか、所々の単語が聞き取れるだけで、結局ここがどこかも分からない。

男は最初、夢を見ているのかと考えた。

しかし夢にしては妙にリアルだった。五感も生々しい。

男は次第に自分が別の時代へタイムスリップしてしまったのではないかと考え始める。

その前提で観察してみると、時代は江戸後期から明治か大正、場所は都市部からは遠く離れた小さな村のようだった。

村人たちが一人また一人と、場違いなスーツを着た男を見物するために集まってくる。

置かれた状況を飲み込めたものの、彼は戸惑い、途方にくれる。

そんな彼の前に、群衆をかき分けて一人の老人が進み出た。

その老人は男の置かれた状況を全て承知しているようだった。

男と同じように、時折タイムスリップして別の時代からやって来る者がいる、自分はその世話をしている、と説明した。

そして、老人自身も未来から来たのだと。

彼は若い時分にここに来て、もう何十年もこの時代で暮らしている。

「大抵の者はひと月も経たないうちにいなくなる。元の時代に戻っているのか、それともまた別の時代に飛ばされているのかは定かじゃないがね。食いもんと寝床は用意してやるから、代わりにお前さんがいた時代の話を聞かせろ。なぁに、心配したところで何も変わらないんだ、休暇だと思ってゆっくりしていけ」

そして老人の言葉通り、男も十日で再びタイムスリップする。

なんの前触れもなく意識が遠くなり、視界が暗くなる。

再び目を開けた時には、スーツ姿の男たちに取り囲まれていた。そのうちの一人が、「良かった、気がついた」と胸を撫で下ろす。倒れたところを介抱されていたようだった。

近くの街頭時計は十二時五分。気を失ってから一〇分も経っていなかった。

運が良かったのか、元の時代——つまり現代に戻ってきたらしい。

彼が過去に行ったことを証明する物は何一つないが、身に着けていた腕時計の日付は十日分進んでいたという。

そこで、この物語は終わっている。

正確な年代も具体的な地名も明記されていないので、創作である可能性もある。

いや、冷静に考えれば、本当であるとは考えないだろう。

ただ、一点だけその中で気になる記述があった。

森の中で意識を取り戻した時に、男は木の根元に横たわっていたのだが、そこに描かれた木の特徴に覚えがあった。

子供の頃の記憶の中にそれと同じ木が、確かにあった。

この森の中に、その木はあるはずだった。

もしタイムスリップが事実なのだとしたら、この村に痕跡が残っているかもしれない。

痕跡が無かったとしても、あの木がまだ存在していれば、論文を書く上で多少なりとも足しにはなるだろう。

だから、祖父を頼ってこの村に来た。


祖父は森の中の特徴的な木のことは知っていた。

しかし、タイムスリップについては何も知らなかった。

村の者にも聞き取り調査をしたが、祖父と同様に、木のことは知っていても、タイムスリップの話は誰も知らなかったし、村にその類の言い伝えも残ってはいないようだった。

取り敢えず木を確認しよう、と今朝早くに入山した。そんな経緯で山の中にいる。

だが結局まだ目指す木には辿り着けていない。

村の者達は口を揃えて、一本道が続いているからすぐに分かると言っていた。

森の中に慣れている者には簡単かもしれないが、普段は都会で自然とは縁遠い生活をしている身としては大いに不安である。

杉と松の区別すら危ういし、草木は総じて同じに見える。

祖父に至っては見つけられないわけがないだろうと言っていたが、根拠は特になさそうだった。

何処かで道に迷ってしまったのだろうか？

獣道のように心許ない道ではあるが、ずっと一本道で、分岐なども無かったから迷いようはないはずだ。

木が見つからずとも、道をそのまま引き返せば、麓まで下りられる。

幸い、まだ陽は高い。

夏だから、野宿になったとして凍《こご》え死ぬなんてこともないだろう。

多少は食料も持って来ている。

だが――。


この辺りはクマが出るらしい。

食糧を背負っているのは、かえってまずいような気がして来た。

暑さが起因ではない、嫌な汗が滲《にじ》み出てきた。

粘り気のある汗が目尻に垂れて、一層目に染みる。

目的地は未だに見えてこない。

ゴールが見えないという状況は、時間的にも空間的にも長く感じるし、疲労感も増す。

ひょっとして異界にでも迷い込んでしまったのだろうか？

ここは強力な霊山で、禁忌《タブー》を犯した者を取り込んでしまう――。

いかにも伝承に出てきそうな設定だが、自分で思い付いて怖くなってしまった。

怪異に慣れ親しんだ身を恨めしく思う日が来るとは、考えたことも無かった。

今頃、山の精が自分の領域《テリトリー》に侵入して来た異物としてどこからか様子を窺《うかが》っているのかもしれない。

茂みや木陰、身を隠す場所には事欠かない。

思い返せば落ちる直前に細い注連縄《しめなわ》が、木々を繋ぐようにぐるりと掛けられている場所があった。あれも、今にして思えば、結界が張られていたとしか考えられない。

ぞくり、と背筋に悪寒が走った。

どこからか視線を感じる。

茂みの中で何かが動いた。

ガサガサと草木が音を立てて揺れている。

「誰ですか――どなたかそこにいますか？」

返事は、無い。

まさか、熊か。

その時、茂みの中から四本足の影が目の前に三体、立て続けに飛び出して来た。

反射的に身構えて、後退《あとずさ》る。

大きさから熊では無いことは判った。

犬——野犬か？

いや——、

「——オオカミ？」

何故そう思ったのかは解らなかった。

オオカミなんて見たこともないのに。

「大丈夫、そいつらは人間に慣れているから噛まないよ」

頭上から良く通る声が降ってきた。

見上げると男が一人、ロープを伝って壁のような斜面をするすると降りてくる。最後は一メートルくらいの高さでロープを放し、音も無く地面に降り立つと、そっと犬の頭を撫でた。確かに犬達は大人しく座っており、襲いかかってくるような素振りは微塵《みじん》もない。男の周りをグルリと取り巻くように陣形を作っている。

山の中にはイヌに囲まれて暮らす変わり者がいる——と麓の者たちから教えられた。

変わっているだけで危険は無い——とも聞いた。

しかし、目の前にいる男がその変わり者かどうかは判然としないので、この状況が安全なのかどうかは結局判らない。

犬は噛まないとして、彼自身が武器を携行していない保証は無い。

たとえ武器を持っていなくても、襲われたら逃げ切れる自信は無い。

結界を無視して勝手に入って来たことを、怒っているのかもしれない。

「あ、あの――勝手に入って、す、すみません、私は――けっして怪しい者では」

「エノキさん、だね？　迎えに来た」

「え？　迎え？」

「そろそろ来る頃だと思ったから」

彼は右手を差し出し握手を求めてきた。歓迎されていないわけではないようだ。

いや、待て。今、名前を呼ばれなかったか。

どうして知っているのだ。

「失礼ですが、何処《どこ》かでお会いしたことが？」

その問いには答えずに、軽く右手を握りながら彼は優しく微笑んだ。


彼の体から、とても懐かしい匂いがした。

何故か、彼とは会ったことがあると強く感じた。

秋

森の中は秋だった。

陽が大きく傾いてはいるが、大気はまだ温もりを留めている。

その反面、湿度は低く、それ故どこか奥の方にヒリヒリとした、凛々《りり》しい冷気を湛《たた》えている印象を与えてくれる。

眼前に広がる黄色いパノラマ。

銀杏《いちょう》の葉が視界を埋め尽くす。

ヒラヒラと舞い落ちる葉が、足下に黄色い絨毯《カーペット》を織り上げて行く。

私は足元の一枚を拾い上げ、掌《てのひら》の上に乗せて眺《なが》めた。

葉脈の一本一本までもが本物と遜色《そんしょく》なく再現されている。

指で摘んで陽に透かして見ても、不具合はない。

触感も、とてもリアルだ。

我ながら見事な出来映えだった。

摘んだ葉の向こう側、見慣れぬ樹が一本見えた。

黄色の背景に、目にも鮮やかな緑色が映えている。

そちらに照準《フォーカス》を合わせた。

ポインターが目標物《ターゲット》を認識し、木の輪郭が浮かび上がる。

明らかに銀杏ではない大木だ。

画像検索を試みるが、二秒でエラーの表示が出た。

青々とした葉は桜のようだが、幹の様子は松に近い。

こんな木は、私のデータベースには存在していない。


この世界には、あるはずのない木だった。


強い風が吹きつけて、周囲の木々がざわざわと音を立てて揺れた。

私は、ゆっくりと木の方へと歩いて行く。

近付きながら観察を始めた。

幹の真ん中には縦に二つ大きな穴が空いている。

穴は貫通していて向こう側が見えている。

穴の周囲は膨張していて、まるで数字の8が埋め込まれたような格好だ。

私は、同じような形状の木の写真を一枚だけ見たことがある。

しかし、それは古い資料で、解像度の低いモノクロの画像だったこともあり、同じ種類かどうかは判別できない。

その資料にも木の種類は、不明、と記されていた。

念のために実在する樹木の記録を確認してみるが、これと思しき木のデータは、どこにも存在しなかった。

現実の世界にも存在しない木だった。

不具合《バグ》だろうか？
不具合でなければ他にはどんな可能性があるだろうか？
木の全体像を走査《スキャン》していると、ポツリポツリと雨が降ってきた。
見上げると、銀杏の葉の間から青空が覗いている。
空が晴れている状態での降雨。
キツネの嫁入り、という古い言い回しが検索でヒットした。
しかし——。

私は、こんなプログラムをしてはいない。

これは最早、不具合というよりは暴走だ。
暴走の要因に思い当たる節はないが、アプリケーションを再起動した方が良さそうだ。
そんなことを考えながら歩いていると——。

ぬかるんだ地面に足を取られ、崖のような急斜面を転げ落ちてしまった。

視界がぐるぐると目まぐるしく回転し、十五回転して漸《ようや》く止まった。

斜面の途中の、三メートル四方の平らになったスペース。

プログラムに組み込んであった安全装置《セーフティネット》が働いたのだ。

仰向けのまま、空を見た。

さっきまで青かった空が、紫へと移行しつつある。

雨は止まない。

立ち上がって確認すると、服は汚れていないが、皮膚は濡れている感触があった。

不快だ。

ケガをしたり痛みを感じたりはしないように設計されてはいるが、こんな所までリアルに作り込まなければ良かった。

改善点として記録しておく。

崖の上を見上げる。

果たして、この急斜面を登るにはどうしたら良いだろうか？

頭の中でのシミュレーションの結果、直《ただ》ちにアプリケーションを終了させるのが最適解と出た。

オペレーティングシステムに指示しようと口を開きかけた時、微かなアラームが聞こえ、森が消失した。

それと同時に、辺りは見慣れた私の研究室へと戻る。

ヴァーチャルからリアルへの帰還だ。

雨も止み、皮膚が濡れている感覚も消えた。

近頃では、ヴァーチャルとリアルの境界は曖昧だ。仮想空間での五感が鋭敏になっていく一方、現実世界はますます低刺激になっている。

私はゴーグルを外した。

足元では、一緒に暮らす二匹のネコが、怪訝《けげん》な表情で私を見上げていた。

彼らには私が何も無いところでバランスを崩《くず》して膝《ひざ》をついたり、何も持っていない掌《てのひら》を見つめていたりする様子が、さぞおかしく見えたことだろう。

握りしめていた拳《こぶし》を開くと、持っていた落ち葉は既に消えていた。

掌だけが中途半端な高さで浮かんでいる。

鳴り続いているアラームを止めて、時計を確認する。

待ち合わせの時間だった。


環境シミュレーターの起動実験を終わらせて、私はスケジュール通り、待ち合わせの場所へと向かう準備をする。

このシミュレーターは私の仕事とは関係がない。

仕事がない時に、私が暇を持て余していることを知った友人から、趣味の一つでも持ってみると良いと勧められたのが契機だった。

空いた時間に、仕事とは無関係なことに労力を使う――多くの研究者が趣味と称して没頭しているそうだ。

そういう無駄なことをするのが、人間らしさ、なのだろう。


ドアが開くとすかさず出ようとするネコ達を、なんとか中に押し戻して私は部屋を出た。

何故ネコはこちらの要望と反対のことしかしないのだろうか。

まるでコンピュータ制御でランダムに動く、反射神経測定用の装置。

いや、ランダムに動いているのではない。

こちらの行動が見透かされているのだ。

友人と待ち合わせている出発ゲートへと向かった。

出発ゲートは同じ建物内にあるので、屋外には出ない。

寄り道をしなければ三百五十九歩で着くだろう。

待ち合わせの三分前に到着する予定だ。

友人はいつも時間ぴったりにやって来る。

今日も同じだろう。

今日は彼が出張に出る日だ。

少しばかり重要な任務を帯びた出張である。

彼は私の数少ない友人の内の一人だ。

お互いに普段は机上での研究が主であり、フィールドワークに赴《おもむ》くことはあまりない。

今回は、予定されていたメンバーに欠員が出たこともあって話が回ってきた。

断ることも出来たのだが、友人は自ら行くことを強く望んだのだ。

前々から一度現場を経験してみたいと思っていた、と彼は言ったが、それは私には初耳だった。

前に話したことあっただろうと彼は言い張ったが、私が忘れるはずもないので彼が思い違いをしているのだ——あるいは嘘をついているのか。

嘘をつく理由も必然性も見当も付かないので、嘘ではないのだろう。

仕事内容は、重要ではあるが難易度は高くないため、誰が行っても問題は無い。

特に反対する理由もなかったので、彼が行くことで話はまとまった。

任務は、目的地に行きサンプルを採取して帰ってくる——それだけだ。

出発ゲートには予定通り三百五十九歩で着いた。

結局、途中で誰とも会わなかった。

この建物には研究員が百名ほどいるはずだが、仕事柄部屋から出る必要はあまり無いので、いつも廊下は閑散としている。

意見交換やデータのやり取りも各自の端末を使うことが基本となっており、同じチームの者でも直接顔を合わせるのは稀である。

この状況を寂しいと表現する者は多いが、私は特に寂しさを感じることはない。

寂しいという感覚が私には分からない。

私には人間らしい感情が足りていない。

しかし、第一印象では、そう見られないことも多い。

人間らしい感情を持っているものだと認識されてしまう。

したがって、たいていの場合、数分の会話の後、相手の期待を裏切ることになる。

それに対しても申し訳ないという気持ちにはならない。

私には人間らしい感情が足りていないのだから。

ドアが開いて部屋の中が見えた。

簡素なコンソールに向かって座る後ろ姿。

待ち合わせ場所に、友人は、すでに来ていた。

彼が時間よりも早く待ち合わせ場所に来ていることは、非常に珍しいことだった。いつもは遅刻することもなく時間ぴったりに来るからだ。

「おはよう、ヒイラギ」

私は椅子に腰かけた友人に声をかけた。

椅子がくるりと回転し、こちらを向いた。

ヒイラギは右手を軽く上げ、口元をほころばせる。

「やあ、エナ。早いじゃないか」

冬

森の中は冬だった。
世界は時間の流れを失って止まっている。
雪の中から湿った木の幹が覗いている。
白と黒のコントラストが美しい。
色を失くしたモノクロームの世界。
始まりと終わりは等しく、
誕生と死は等価値である。
時計も季節も一周してスタートに戻るように。
人生の伴侶の喪失で思考は止まった。
観察する主体が無ければ時間は流れない。
時間とは何なのか。
生命とは何なのか。
人はなぜ死ぬのか。
誰か教えてくれないか。

≪詩季村にて採集した伝説・甲≫

その昔、一人の見知らぬ男が詩季村にやって来た。

男は毛皮を手に入れるために、遠くの地から、この村の毛皮商のところに来たという。

男は、身寄りの無い村の娘と出会い、そして恋に落ちた。

二人はすぐに夫婦《めおと》となり、男はそのまま村に残った。

子宝には恵まれなかったが、二人は仲睦まじく、幸せに暮らしていた。

ある年の冬、大雪と寒波に村が襲われた。

強烈な寒さと、猛烈な吹雪が、何日も何日も続いた。

時には隣の家に行くのも危ないほどだった。

やがて、村のあちらこちらから、食べる物も、暖を取るための薪も、底を突いたという声が聞こえてきた。元々が、蓄えをしっかりできるほど裕福な村ではない。

逃げようにも外へと続く道は雪で塞がれ、村は孤立している。

結局、村の者が何人も亡くなってしまった。

ある者は餓死し、ある者は凍死し、ある者は雪の重みで倒壊した家の中で、圧し潰された。

その中には男の妻も含まれていた。

愛する者を失った男は嘆き、哀しんだ。

男は、葬儀を終えると村を出て、山の中で人目を避けるようにして、一人で暮らし始めた。

いつしか男は村の誰とも会うことがなくなった。

数年間は、山の中でオオカミを率いた者の姿が目撃されることもあったが、それが男である確証はなかった。

死んでしまったのだろうと言う者もいたが、その亡骸《なきがら》を確認した者もいなく、本当のところは誰も知らなかった。

その後は、彼の姿を見た者もなく、生死も分からない。

男はオオカミになったのだ、と誰からともなく噂した。

そして、長い年月が過ぎ去った。

オオカミが絶滅してしまった現在でも山から遠吠えが聞こえるのは、オオカミとなった男が人目を避けて生き続けているからだと、いつの頃からか言われるようになった。


【エノキ・カオリ著『詩季村の伝説』より抜粋】

第二部　それらしい承継

僕の凶暴性が雨のような涙をシーツに降らせる
僕は憤慨してしまう
出会っても他人同士だということに

春

この村には医者なんて立派な者は居ないから、連れて帰ってはみたものの、治療も診察も満足に出来はしない。

急ごしらえの担架で運んではきたが、あれからずっと男は気を失ったままだ。

出来る事も限られる中、ひとまず布団を敷いて横たえた。

見たところ、額に擦《す》り傷と頭の後ろに小さなたん瘤《こぶ》が出来ているくらいで、幸いにも骨は折れていないようだった。

傷に薬を塗って包帯を巻き終えても、まだ男は目を覚まさない。

そうこうする内に、運ぶのを手伝ってくれた男達の間から、どうするという旨の言葉が立て続けに漏れ聞こえた。

どうするというのは、もちろんこの怪我人のことだろう。

このままにして自分達が帰って良いものかどうか、ということだ。

私には彼らを引き止める権利はない。

ここまで運んでくれたのだって善意なのだから。

とは言え、このまま残されても困るのは確かだった。

ここは私の家で、ネコは二匹いるが他に家族は無く、一人で暮らしている。

つまり、彼らが帰ってしまうと、女一人の家に、怪我人とはいえ、見知らぬ男が上がり込んでいることになってしまう。

ここは狭い村だから噂はすぐに広まる。

おそらくは、もう村の大半の者はこの家に怪我人が運び込まれたことを知っているだろう。

だからこそ、彼らも安易に引き揚げるわけにもいかないのだ。

私が構わなくっても、もし私に何かあれば責められるのは彼らだから。

万が一、があっては困るのだ。

自分達がいなくなっても問題はない、という確証が欲しいのだろう。

引き揚げるためには大義名分が必要ということか。

そんな物は不要だと思うが、少なくとも彼らはそう考えている。

煩《わずら》わしい。

私は――どうすべきだろうか。

居並ぶ五人の男達の顔を一瞥《いちべつ》する。

皆一様に居心地悪そうにしている中、一人だけ場にそぐわぬほどに表情を無くしたマサオと目が合った。

マサオは私と目が合っても、表情も変えず何も言わない。

私の口から思わず小さく息が漏れた。

ため息である。

憐れみと哀しみと諦めが混じり込んだ、ため息だ。

家まで戻る道すがら、私は男の素性を知らないか皆に尋ねてみたが、誰も知らなかった。

ただ、皆口を揃えてどこかで見た覚えがあるという、同じような感想を述べた。

よっぽど、どこにでもいるような、ありきたりな顔なのだろう。

とにかく余所者《よそもの》であるのは確かなようで、それ故に自分の家に運ぼうと申し出てくれる者は誰も居なかった。

それはそうだろう。

進んで面倒に巻き込まれたいと思うお人好しはいない。

いや、正確には一人だけ――。

自分の家に運びましょうか、と控え目にだが申し出てくれた者はいた。

控え目すぎて、誰にも気付いてもらえなかったが。

それが幼馴染《おさななじみ》のマサオだった。

幼馴染とは言っても、ただ近所に住んでいて歳が近いだけで、親しくしてきたという思い出は乏《とぼ》しい。遠い昔に遊んだ覚えはあるが、それだって数えるほどしかない。家は近くても、心では遠くに感じる。

言ってしまえば、馬が合わない。

しかし、彼は、おそらく私のことが好きなのだと、私は感じている。

遠回しにだが、親身に世話を焼いてくれようとしてくれることが、少なからずあるからだ。

いつも、遠回しすぎて分かりにくいのが難点だ。

ありがたいと思わなければならないのかもしれないが、むしろ煩わしい。彼のことは、嫌いではないのだけれど、あまり一緒に居て楽しいとも思えない。

彼は真面目だし優しいいし、病弱でもない。

家だって豊かだ。

ケチのつけようはない。

だけど私は彼と馬が合わない。

それに、マサオは驚くほど気が利かない。

小さな村だから、歳の近い相手は少ない。

それもあってだろうが、周りからはからかい半分に結婚を勧められることもままある。身寄りの無い私にとっては、悪い話ではないのだろうが、どことなく何かが違うと感じてしまう。気持ち的なものなので、説明しろと言われても出来ないのだが。

彼の一方的な好意に私は、応えることが出来そうもない。

見返りを求めて親切にしてくれているわけではないのかもしれない。

だが――いや、だからこそか。

その好意に甘えるわけにはいかない。そう思う。

私は意地を張っているのだろうか。

それとも何か、漠然とした定めのようなものか。

家に入ってからもマサオは、口には出さないが、ちらちらとこちらに視線を向けてくる。

私がここで彼を頼り、この怪我人の看護を頼めば丸く収まるのだろう。

しかし、それはしたくない。

「もう手当ても終ったことだし、あとは私が――。皆さんは、お引き取りいただいてもけっこうですよ」

思い切って、マサオの目を見ながら言ってみた。

「そうは言ってもなぁ。何かあったら、なぁ」

上がり框《かまち》に腰かけた一番年長のジロウさんは、そう言って皆の方に顔を向けた。

他の四人は棒立ちのまま互いの顔色を窺っている。

「しばらくは目を覚ましそうもないし。大丈夫ですよ」

私は努めて笑顔を作って答える。

このまま皆に居座られる方が、辛い。

「そうかい。まぁ、そう言ってもらえると助かるよ。実は、母ちゃんに頼まれた用事も残ってるんでな」

ジロウさんはそう言って、腰を上げた。

マサオを見ると、彼はぼんやりとあらぬ方向を見ている。

少しくらいは食い下がって力を貸すと申し出てくれるかと期待していたが、思っていたよりもあっさりと、マサオは皆と一緒に帰ってしまった。

素直すぎるだろ。

こういうところが受け入れられない。

鈍いのだ——悪い意味で。

時にはその鈍さが人を傷付けてしまうことに、彼は気付いていない。


人見知りの激しいネコ達は、皆が帰るとようやく物陰から出てきて、私の足元に絡《から》みつくようにして体を擦《す》りつけた。

布団に横たわる男のことが気になるようだ。

二匹で代わる代わる匂いを嗅いだ後、私の顔を見て、にゃあと鳴いた。

私は、ネコに誘《いざな》われるように、男の顔に鼻を近づけてみた。

なんだか、ひどく懐かしい匂いがした。

遠い昔に嗅いだことがある匂い。どこで嗅いだのだろう。思い出せない。

私は二匹の頭をそっと撫でる。

少しだけ気持ちが落ち着いた。

「さてと」

どうしたものだろうか。

改めて怪我人の様子を窺《うかが》ってみる。

街の男なのだろうか。

力仕事などしたことも無いように痩せているし、肌も青白い。

指先も、幼子のようにか細くて、きれいなままだった。

思わず自分の掌《てのひら》と見比べてしまった。

私の方がゴツゴツしているように見える。

どうしたら、こんなきれいな指先で生きてこられたのだろうか。

村の男達と同じ種類の生き物とは思えない。

ひょっとして、異国の者なのだろうか。

それにしては、着ている服は特に奇異な感じはしない。

どこにでもあるような、ありふれた服だ。

ただ、崖から落ちて地面を転がったにしては、奇妙なくらいに全く汚れていない。

しばらく待ってみたが目を覚ます様子はないので、採ってきた山菜を料理して一人で食べた。

転げ落ちた際に籠の中身をぶち撒《ま》けてしまったから目減りしていたが、男の分も作っておいた。

目が覚めたらきっと空腹に違いないだろう。
日が暮れて暗くなっても、男は目覚めなかった。
口寂しいが、もう食べる物も無い。
寝よう。
布団は彼に使わせているので、寒かったが床の上にゴザを敷いて横になった。
ネコ達が近付いてきたので、二匹とも懐《ふところ》に抱き抱えた。
お互いの顔を仲良く舐《な》めあっているのを見ていたら、何故か涙が流れ出そうになった。
悲しくもないのに。
きっと空腹のせいだ。
面倒だが、明日もまた山菜を採りに行かなければ。
涙が一滴《ひとしずく》、片方のネコの額《ひたい》の上に落ちた。
もう片方が、それを舐め取る。
それを見たら余計に悲しくなった。
ネコ達を抱いた腹部に感じる温《ぬく》もりだけが救いだった。

知らない男と二人きりではあったが、不思議と危険は感じなかった。

「どうして分かったんです？　私があんなところにいるって」

前を行く男の背に問いかけた。

「上を通りかかったら、道端が削れて誰かが滑り落ちたような形跡があったんでね」

男は振り返るどころか、立ち止まることもせずに答えた。

偶然、ということか。しかし――。

「どうして私の名を？　それに、迎えに来たとおっしゃいましたよね？　まるで、あらかじめ私がいるのを知っていたようじゃないですか？」

初対面で名乗ってもいないのに、さっき確かに名前を呼ばれた。

エノキという苗字は、当てずっぽうで当たるほどポピュラーとは思えない。

それに彼は確かに、迎えに来たと言った。

「そんなこと言ったかな？　聞き間違いだろ」

彼は立ち止まらず、こちらも見てくれないから、その表情を窺い知れない。

彼の考えていることが掴めない。それとも、悟られたくないことがあって敢えて表情を見せないようにしているのか。だとすれば、やはり何かを隠しているということだ。

「確かに聞きましたよ。迎えに来た、って」

その言葉に、男は急に立ち止まりこちらを向いた。

「そうか、じゃあ俺には、未来が見えるのかも。あるいは千里眼かテレパシィ、それともシャーマンの素質かな。だけど見世物にされるのは御免だから内緒にしておいてくれ」

男はそう言って無邪気な笑顔。

眼光は鋭いが、悪人には見えない。嘘を吐いているようにも見えなかった。

やはり、ただの変わり者なのだろうか？　親切であることは確かなようで、事情を説明したところ、目当ての木の場所まで彼が案内してくれることになった。

彼に対する第一印象は、頭の回転が速い男、だった。

説明は難しいが、そういうのは会話をしていると、なんとなく判るものだ。

得てして自分よりも知能が高い者の思考は、掴み取りにくい。会話の展開が急だったり、思考の跳躍の仕方が特殊だったり、付いていくのが精一杯に感じる。バスケやサッカーのパス回しで翻弄《ほんろう》されるように、瞬時には何が起きているのか理解できない。

時には人格が分裂しているようにも見える。タコやイカといった頭足類を相手にしているようで捉えどころがない。そして、ようやく掴んだと思ったその正体が、実は本体ではなかったりする。

人を騙すような悪人には見えないが、どこまで信用していいものだろうか。

麓の者たちは、変わり者だが害はないと言っていた。

だが、その男と目の前にいるこの男が同じ人物である確証はない。

そんな変わり者が、何人もこの山の中に棲息しているとは考えたくもないのだけれど。

男はフユキと名乗った。

それだけ言って、それが苗字なのか名前なのかさえも教えてはくれない。

フユキは歩くのが速く、挫《くじ》いた足では付いて行くのが精一杯だ。

大量の汗が吹き出し息も上がる。

彼の前には先導するように二頭の犬が歩いていた。

残りの一頭は最後尾を守っている。

「意地悪しないで教えてくださいよ、本当のこと」

彼が前もって情報を仕入れていたのだとしたら、どういう手段が考えられるだろう。

現実的なのは電話や無線通信で麓の村から情報を得るという方法だが、こんな山奥に電話線が通じているとは考えにくい。だとすれば、無線か。

通信用のトランシーバでもあるということだろうか。

しかし祖父を始め、村の者達は皆かなり高齢で、失礼だがそういう技術には疎《うと》そうだ。使いこなせるとは考えにくい。

しかもこの辺りは山だから、電波状況も悪いだろう。

ひょっとすると狼煙《のろし》だとか手旗信号だとか、昔ながらの古めかしい伝達手段が残っているのかもしれない。

その辺りのことをフユキに尋ねても、違うよ、と素っ気ない返事。

結局、何一つ教えてはくれなかった。

「とにかく、助かりました。死ぬかと思いましたよ」

冬山でもないので、あのままでも数日くらいは持っただろう。

ただし、あの狭い空間から抜け出せず、精神的に追い詰められれば、アドレナリンが上昇した挙句に選択を誤り、どんな結果になっていても不思議ではない。

山では些細なきっかけで遭難し、人は命を落とす。

それに山は、とかく怪異を招きがちだ。それに関する文献も数多く残されている。

「死ぬ——といえば、戦争から帰って来た友人に聞いたことがある」

フユキは歩みを止めずに語り始めた。

「戦争？」

話題が急角度に方向転換し、思考回路が脱線しそうになる。

「その友人が言うには、最前線で死線を彷徨《さまよ》う経験を重ねているうちに、他人《ひと》の死相が見えるようになった、そうだ」

「しそう？　思想が見えるって——相手が考えていることが分かるってことですか？」

テレパシー能力でも身についたという話だろうか？

「いや、そっちの思想ではなくて、シャドウ・オブ・デス——死期の近い者の顔に現れると言われる兆候だね」

「ああ、なるほど——死相ですか。え？　死相が、見える？」

どちらにしろ、特殊能力には違いない。

「その友人は、軍隊での階級は大尉で、戦場では中隊を率いていた。戦況は厳しく、毎日何人もの部下が戦死していた。敵の攻撃だけではなく、補給線を絶たれたことによる飢えや、不衛生な環境による病気によっても命を落とした。まあ、戦争だから、人が死ぬのは不思議ではない。しかし、その内、死ぬ者達に奇妙な共通点があることに気が付いた」

「共通点？」

「朝礼で大勢が並んでいる時や、隊列を組んで歩いている時、以前なら、軍服を着ていることも手伝って皆同じように見えていたのに、何人かが微かに光って見えるようになった。全身から発光しているように見えた。しかも、顔を見ると目の回りが黒ずんでいる。あれは頭蓋骨が透けて見えていたんじゃないか、と友人は語っていたよ」

「それが一体――」

――何だと言うのだろうか。

「それが表れた兵士は、例外なく、その日の内に命を落とした」

「――死相――」

話の方向が見えてきた。

「友人は、自分が見ているそれが死相であると結論付けた。そして、それが表れた部下を不憫《ふびん》に思い、助けられないかと考えた。命令で最前線から下げて後方支援に回したり、塹壕《ざんごう》の中に留めたりしたそうだ。可能な限り安全な場所へと配属したというところだな。ところが奇妙なことが起きてしまった」

「どうなったのですか？」

「配属した所に奇襲や攻撃が集中して、結局、死相の表れた者は誰一人助からなかった。そして彼は運命に逆らうのを止めたそうだ」

「そんなことが――」

――有り得るだろうか。

「差し迫った極限状態に陥ると、特殊な能力に目覚めたりするのかな、という話さ。不思議なこともあるよねっていう、ただの世間話」

そう言ってフユキは鼻で笑った。

彼は鼻で笑ったが、そこに嘲《あざけ》る感じはなかった。

人は可笑しくなくても笑う。緊張が高まりすぎても笑うし、哀しすぎても笑う。人の生理現象は複雑だ。だから鼻で笑ったフユキも、死相が見えたという友人をバカにしたのではないのだろう。

そういうのは何となく分かるものだ。

「そうですか――。フユキさんは、その話を信じているのですね」

「ああ、疑う理由もないから」

そう言ってフユキはまた鼻で笑う。

それにしても、戦争に行った友人とは誰のことだろうか。

それに、友人が行った戦争とは、どの戦争のことなのだろうか。

フユキは、まだ若いのに。

彼は若かった。

ずっと山に籠《こも》っていると聞いていたので勝手に仙人のような風貌《ふうぼう》をイメージしていたが、見た目は学生といっても過言ではない。三十を超えているようには見えない。

大学の友人には、フユキより遥かに年上に見える者達がいくらでもいる。

「探している木のことですけど――」

木を探している理由を告げようとすると、大体のところは分かっている、と途中で遮《さえぎ》られた。

村の者達には民俗学を学ぶ学生であることも、街談巷説に関する調査でこの地に来たことも伝えてあるので、それも既に聞き知っているということだろうか。

「まだ、着きませんか？」

「もうちょっと。あと、五分といったところかな？」

助かった。

もう、足が限界だった。顔が上がらず、さっきから足元ばかり見ている。

「それで、エノキさんは木を見つけてどうするつもり？　周りには何も無いけど」

「それは――」

歩きながらの会話は、息が上がって非常に苦しかった。

「――周りに何も無くてもかまいません。ただ、確認したいんです――あの木が実在していることを。それで何か論文のヒントが得られるかもしれませんし――」

幼い頃に見たあの光景を、この目で直接再確認したいという思いもあった。

そう言えば、幼いあの日、何故あの木を見たのだろうか？　こんな所まで山の中を幼い足で登ってきたとは思えない。しかし、どうしても、当時の経緯は何一つ思い出せなかった。

「着いたよ」

ヒイラギの声で我に帰り、視線を足下から上げた。

森が途切れ、視界が一気に広がった。

そこに、あの木はあった。

記憶のままの、あの形で。

他には何も無かった。

森の中、そこだけ開けた空間に、あの木が一本だけ、堂々と立っていた。

その幹には、縦並びに二箇所大きく穴が空いており、また穴の周りは幹自体が湾曲してしまったように膨らんでいる。

それはまるで、数字の8が幹に取り込まれたように見える。

ここまで特徴的な形状をしているが、御神木などではないという。

周囲を確認しても祀《まつ》られている雰囲気は無かった。

「やっぱり——あったんですね」

あの日見たままの姿で、その木は存在していた。

歩み寄りながら、鞄の中からカメラを取り出し連写する。

夢中でシャッターを切り続ける。

フレームの端にフユキが見切れている。

シャッター音に気付いた彼は、そっとフレームから外れた。

既視感《デジャヴュ》。

まただ。

激しい鼓動。

胸が苦しい。

息をするのを忘れていた。

ファインダーから目を離し、カメラを下げて大きく深呼吸する。

鼻から吸って口から出す。ゆっくりと呼吸を整える。目を瞑り、大きく息を吐く。

一つ一つ手順通りに、こなしていく。

落ち着きを取り戻したところで、改めて辺りを見回した。

周囲十メートルくらいに他の木はなく、地面には芝生のような長さの下草が生えている。

犬達が木の周りに集まり匂いを嗅いでいる。

犬の近くにフユキの姿は見えない。

どこに行ってしまったのかときょろきょろとしていると、近くの岩壁に出来た大きな窪《くぼ》みの中にいるのを見つけた。

彼は、その窪みで背負っていた荷物を降ろし、荷解《にほど》きを始めている。

戸惑っていると、そんな様子を感じ取ったのかフユキが説明してくれる。

「もうすぐ雨が降るから、ここで雨宿り」

空を見上げたが雲一つ無く、雨は降りそうもなかった。

しかし、山の天気は変わり易いと聞いたことがある。

雨に降られて濡れるのも嫌なので、窪みの中に入り背負っていた荷物を下ろす。水筒を取り出して一口飲んだ。

フユキの予言通り、十分ほどすると激しい雨が降って来た。

雨音がホワイトノイズとなって辺りに蔓延《まんえん》する。コンクリートのような厚い雲が空を覆《おお》い、すっかり陽が陰っていた。

日没までにはまだまだ時間はあるはずなのに、辺りは既に薄暗い。

フユキは雨が降り出すまでのわずかな時間で、手近な所から手際良く薪《たきぎ》を集め終えていた。

まだ暗くもないし寒くもないのに焚き火でもするつもりだろうか、そんなことを考えていると急激に気温が下がってきた。空も、夜の様に暗い。

汗で濡れていた服が冷えて体温が奪われていく。

くしゃみが一つ出た所で、フユキがライターを取り出し薪に火を点けた。

既視感。

心臓が一度大きく脈打った。

薪の上で、みるみるうちに炎が成長していく。

焚き火を挟んで向かい合わせに腰を下ろす。

この光景は見たことがある。

この瞬間は経験したことがある。

そう感じた。

繰り返し襲ってくる、既視感。

キツネか天狗にでも化かされているのではないのか。

手の甲をつねってみたが、ただただ痛いだけだった。

火の勢いが安定した所で、焚き火の向こう側からフユキが問いかけてくる。

「念願の木を目の前にしての感想は？」

その質問で、ようやく現実に戻った気分だった。

そうだ、探していた木を見つけたのだ。

だが、せっかく案内してもらったのに、あまり感動はなかった。

それに論文に役立つような収穫もなさそうだ。

昔の景色は良く覚えていない。

下草はもっと伸びていたようにも思うが、それは自分がまだ小さな子供だったから、そう感じただけなのかもしれない。

およそ二十年ぶりに見た木の姿は、ほとんど変わっていなかった。

木を見られたことよりも、木の立ち姿が変わっていないことの方が、遥かに感慨深かった。

だからそのままの思いをフユキに伝えた。

「ふーん、そんなもんかな？」

フユキは当てが外れたとでも言いたげな表情だ。

「ところで、この木は祀《まつ》られたりはしていないと聞きましたけど、本当ですか？」

「うん、特に大切にはされてないみたいだね――見ての通り」

フユキはそう言って辺りを見回した。

「でも、登ってくる途中で注連縄《しめなわ》を見ましたよ。木々の間に張り巡らされていました」

「ああ、あれか」

彼にも思い当たる節があるようだ。

「まるで、結界でも張ってあるようでした」

「結界か、うん、それほど遠くはないかな――」

フユキは渇いた笑いで応える。

「――あの辺り、足場が悪くて危ないから目印を付けているだけさ。足を踏み外して崖から落ちたりしないようにね」

「目印？」

「そう、目印。ただの目印。それにあれは、注連縄なんて立派なものじゃない。ただの白いロープだよ。俺が麓の雑貨屋で買ってきた」

なんだ、種明かしをされると呆気ない。

しかし、この様なつまらない思い込みの積み重ねで、街談巷説は形成されていく。

いつしか話題は麓の詩季村についてのものへと変わっていた。

「暢気ですよね、田舎の人って。今から山に登るっていうのに、山に入る時の装備とか、山道の具合とか、誰も何一つアドバイスしてくれなかったんですよ。ひどいと思いませんか？」

思い出しているうちに気持ちが高ぶって、目の前のフユキに思わず愚痴ってしまった。

「暢気ねぇ――それは君が都会に暮らしているから感じるんじゃないかな？　都会と田舎では尺度が違うから」

「尺度が、違う？」

「どこまでが安全で、どこからが危険なのか、彼らは熟知している。明確に線引きがされている。命に係わるレベルの危険には、彼らは敏感だよ。君の知能レベルと、出で立ちを見て大丈夫と判断したからこそ、助言も不要と考えたんだろう」

フユキの言葉には説得力がある。

「でも、結局は危ない目にあってしまったということは、彼らの判断が誤っていたと言えませんか？」

「こうも考えられる。危ない目にあってしまったのは、君の運命だったとね」

そう言ってフユキは鼻で笑った。悪人ではないのだろうが、嫌な奴かもしれない。

「ところで、君は民俗学の研究しているんだったな？　質問をしてもいいだろうか？　俺は全くの門外漢だから、果たして民俗学の範疇《はんちゅう》に含まれるのか分からないんだが――前々から考えていることがあってね。一度専門家の意見を聞きたいと思っていた」

焚き火に手をかざしながらフユキは言った。良く通る澄んだ声。

「私はまだ学生だし、とても専門家と言えるような人間では――」

断ろうとする所を、すかさずフユキが右手で制す。

「昔から不思議だったんだよ。どうして人類は伝説や神話を必要とするのか」

「必要と――する？」

「どんな集団にも必ず伝説や神話が存在しているだろ？　要らなければ残らない」

そう言ってフユキは無邪気な微笑みを浮かべた。

「要らなければ――残らない」

強烈な既視感が津波のように押し寄せる。


「どうしてだ？　何故、人類は伝説や神話を必要とする？」


虚を突かれた思いだった。伝説や神話を、要るとか要らないで語るとは。

伝説や神話を研究しているのに――いや、研究しているからこそだろうか――何故人間は伝説や神話を必要とするのか、そんな当たり前のことを――当たり前のことすぎて――考えてみたことがなかった。恥ずかしい。

炎のおかげでフユキには気付かれていないだろうが、耳が真っ赤になっているのは間違いない。

何故、人類は伝説や神話を必要とするのだろうか。

「考えたこと――なかったです」

「正直だね。正直なのは、良いことだよ」

フユキは再び無邪気に微笑み、火の中に小ぶりの枝を数本放り込む。

「フユキさんには、何かお考えがあるんですか？」

あくまでも素人の持論であると前置いて、フユキは自説を披露してくれた。

「人間なんて偉そうにしていても、ほんの少し前まで、この世界について何も知らなかったわけだろ？　宇宙の始まりも、地球の成り立ちも、生命の起源も――科学的な説明ができる様になったのなんて、たかだか百年くらいのことで、それすら仮説ばっかりで正解である保証もない」

「科学とはそういうものです。現在の常識が未来永劫通用する保証はありません」

そもそも科学とは、最も整合性のとれた仮説の集合にすぎない。

「人間は、いつどうやってこの世界に出現したのか、そんな身近な問いにも答えが出せない。だとすると、そのことが神話の形成に与えた影響は甚大だったんじゃないだろうか？　自分達の親や、祖父母くらいまでは遡《さかのぼ》ることが出来ても、三代・四代と世代が隔たれば、自分の祖先がどういう人物だったのかも、ぼんやりしてくる。言葉を生み出し文字を駆使しても、たった一人の人生ですら、そのすべてを書き記すことは出来ない。情報を残す術が圧倒的に稚拙《ちせつ》だった。その対象が集団になったら、それこそ、情報量が膨大になってしまい、過去はどんどん忘却されていく」

フユキは中空を眺めた。まるで、そこに貼ってある原稿を読んでいるかのようだった。

「その作業は、たとえ現代であっても難しいでしょうね」

人間の言動を文字で書き起こすのは効率が悪い。だからと言って、音声や映像で残すにしても限界はある。記録装置が何台あっても足りないだろう。

「その通り。自分たちが属する集団《むら》のルーツが曖昧になっていく過程で、自分達はなぜここに暮らし、生きているのか、という疑問が生じてくる。自我が目覚めるとともに、不安も生じる。分からないのは不安だ。合っていようが間違っていようが、答えがあればそれで落ち着ける。答えがなかったら、人類は常に不安なままだ。その不安を断ち切るために創られた物の一つが、神話なんじゃないのかな？」

フユキはこちらを、じっと見つめた。

「不安を、断ち切る？」

炎がみるみるうちに大きくなり、焚き火の向こう側に座るフユキの姿が見えなくなる。

闇の中で、真っ赤な炎が語り掛けてくる。

「神話を獲得し、ようやく人間は自らの存在意義《レゾンデートル》を見出すことが出来るようになる。神話の内容には、それまでにムラの中で口伝えに残っていた情報も含まれているだろう。だけど、人類に共通した記憶、遺伝子に刻み込まれた原始の記憶も影響しているんだと思う。天地創造、人類の誕生、神との諍《いさか》い、天変地異——神話に登場するモチーフには、どこか共通した匂いがある」

「匂い、ですか？」

「そう、雰囲気や空気感と言い換えてもかまわない。神話と聞いた時に人々が漠然と抱くイメージには、底通するものが存在していると感じたことはないだろうか？」

フユキは何度も練習した台詞《せりふ》のように、淀《よど》みなく喋り続ける。まるでドラマでも見せられているようだった。いつの間にか、焚き火の炎は落ち着いて、フユキの顔も良く見える。

「それは例えば、どのようなものでしょうか？」

「そうだな、そもそも創世神話において、この世界は神の強大なパワーで作られる。そのストーリーに差はあっても、スケールの壮大さに反して記述は非常に淡白だ」

「それは——バビロニア神話のエヌマ・エリシュや、旧約聖書の創世記などですね。それに我が国にも古事記の国生みがある」

神は、この世界をパパッと創りがちだ。

「その世界には非常に個性豊かな神々が存在し、彼らは喜怒哀楽に富み、人間以上に人間っぽい。妻に先立たれたからといっては黄泉《よみ》の国まで赴くし、癪に障る巨人族は滅ぼしてしまう。せっかく繁栄した古代文明も、巨大な洪水で押し流して強制的にリセットする——なぜ雛型《ひながた》が存在しているかの如く同じになるのか？」

「言われてみれば、確かに」

神話のモチーフとして巨人と大洪水は多くみられる。

「その元は、人間自身の集合的無意識なんだろう。そうした集合的無意識が創り上げた産物が神話だと考えれば、世界中に残る神話が似通ってしまうのも頷《うなず》ける。神話は集合体の存在意義を確立するために生み出され、集合体としての自我を維持するために語り継がれて来たんじゃないだろうか？」

本人は素人だと言っていたが、彼の話にはかなり専門的な知識が盛り込まれている。どこかで学んだことがあるのか、それとも天賦《てんぷ》の才だろうか。

話の筋も破綻していないように思う。

「神話はそれでいいとしよう。それじゃあ、伝説はどうなる？　神話と伝説を分ける差は一体何だろうか？」

フユキはそこで言葉を切ると、次はお前の番だぞとでも言いたげな表情で、こちらの台詞を待っている。そして、弱ってきた炎の中に新たに薪をくべる。

またしても既視感。この情景にも覚えがある。語り手の交代のようだ。

どこから語り始めるのが相応しいのか。やはりここは専門分野から始めるべきだろうか。

「私は街談巷説を研究対象としています。あのぅ、街談巷説という言葉は、ご存じでしょうか？」

「まあ、おおよそのことは承知しているつもりだ」

炎の向こうでフユキが小さくうなずいたのを確認する。

「それは良かった。えーっとですね、街談巷説には巷にあふれる与太話から、実しやかに囁き続けられる噂話まで、雑多な話が含まれています。正直くだらない内容の物も多いのですが、時にはハッとさせられる発見もあります。それに、恐らく学術的にまとめられたことはまだないはずで、そういった面からも研究のしがいはあります。そして、この街談巷説こそが、現代における伝説となりうるのではないかと考えます」

フユキが手にした枝を焚き火の中に突き入れる。

薪の位置を調整したようだ。炎が大きくなった。

「街談巷説が伝説になるとは？」

フユキが言った。

「かの柳田國男は、口承によって残されていた説話を収集し『遠野物語』を書き上げました。これは、いわば岩手県の遠野地方の伝承集です。これに倣《なら》い、現代の都市において街談巷説を拾遺《しゅうい》していけば、都市版の『遠野物語』が出来上がるはずです」

「それで、それがどうやって伝説に？」

「街談巷説は坩堝《るつぼ》のような物で、その中には与太話や噂話が放り込まれて、一緒くたになっています。しかしそこには、恐らくは偶発的になのでしょうが、高度な計算に基づいて精錬されたかのようなユニークな話も散見されます。それらは、説話としての完成度も高く、時には従来の伝承や伝説と比べても遜色のないレベルにまで達しています。都市部での急激な人口密度の上昇と、マスメディアの影響によって、新しいスタイルで、かつてないスピードで、説話が作られているのだと思います。ですから、現在進行形で形作られていく街談巷説を収集し、体系づけて編纂《へんさん》すれば、都市における説話の成立過程を観察することも可能でしょうし、古《いにしえ》の伝承や伝説の生成メカニズムを紐解くことも可能ではないかと。そして集めた説話の中から、伝説の様式に則《のっと》っている物だけを抽出していけば、都市における伝説集が完成するのではないでしょうか？」

言葉を切って待ったが、フユキは何も言わない。

静寂の中で、焚き火の燃える音だけが聞こえる。

大きな炎に遮られ、フユキの顔が見えない。

彼は何を考えているのだろうか。何か気に障ることでも言ってしまっただろうか。

焚き火の中で薪がバチンと大きな音を立てて爆《は》ぜた。

「なるほど。都市で創られる伝説か。さしずめ都市伝説とでも呼ぼうか。面白いな。実に興味深い内容だよ」

フユキがようやく言葉を発した。

「ありがとうございます。都市伝説——いいネーミングですね。論文のタイトルに使っても？」

「ああ、自由に使ってくれてかまわないよ。その代わりと言っちゃなんだが、そろそろ君が考える伝説の定義を聞かせてくれないか」

フユキはそう言ってから、焚き火の中に新たな薪をくべた。

「ええ、勿論です、それが本題ですからね。では——そもそも伝説とは何なのか。生命情報が遺伝子によって継承されるように、文化的な情報は口伝でコピーされ時空を超えて拡散する——上手くまとめられないかも知れないですが、いいですか？」

「もちろんいいさ、気にしないで続けてくれ」

フユキに促され、どこに着地するのかも分からないまま語り始める。頭の中で、知っていることを一つ一つパズルのピースのように形を確認しながら嵌《は》め込み組み立てていく。

強い既視感は絶えず纏《まと》わりついてくる。

水筒の中の水を一口含んで喉を潤した。

「文化的な情報には、流行があります。流行は一人、もしくは一部のグループによって生み出されたモノを、他者が真似をするところから始まります。それは太古の時代、石器や土器を作っていた頃からあったと考えられます。どの種類の石を加工するか、どんな土を使うのか、どの様な形にして、どんな模様を付けるのか。模倣と洗練が繰り返されていったことでしょう。現代でも、流行《はや》りの服や、化粧の仕方、流行歌や映画、漫画にアニメ。それらは新しいカルチャーとして模倣され、時には国をも超えて広がっていきます。そしてその模倣の過程では、上手く真似できなかったり、それぞれが工夫を重ねたりすることで、様式が変化していく現象が観察されます。偶然生まれた要素も、それが有用であれば貪欲に組み込まれるでしょう。その様子は生物的な進化と似ていて、あたかも遺伝子として次世代に残っていくように見えるのではないかと——私はこの働きが、伝説の形成にも影響を与えているのではないかと考えます」

焚き火の向こう側に居る筈のフユキは、何も言わなかった。静か過ぎて火に向けて独り言を言っているような気分になってくる。

「街談巷説などは、まさにこの顕著な例であり、人伝に聞いた話は、伝言ゲームのように、予期せぬ誤謬《ごびゅう》や作為的な創作が入り込み、ストーリーは漸次的に進化していく。そしてある程度まで熟《こな》れた頃に、口承だった物が書き記され、一つの固定された物語として世に送り出される。新しい都市伝説が生まれるわけです。これと同じようなプロセスで、スケールはもっと大きいですが、伝説は形成されてきたとは考えられないでしょうか？　世界中のあらゆる場所で、時には永い年月をかけゆっくりと醸成されてきたなんて、想像するだけでロマンチックじゃないですか」

炎の向こう側には深い闇。

フユキからの返事はない。ひょっとして寝てしまったのだろうか？

彼の肉体が魔物に乗っ取られ、既に別の生き物になっている様を夢想する。

「神話も同じように永い時間をかけて作られたものです。では、神話と伝説を分ける根本的な違いとは何なのか？」

さっきは、人類が伝説や神話を必要とする理由を突然に問われたから驚いた。

しかし、冷静になって考えれば単純なことだ。

人類が伝説を紡いできた理由の推察。

それを起点に一筋の光が差し込んだ。

閃いたという表現が相応しい。


「私は、全ての伝説は、実際に起きたことを記したものだと考えます」


これが考えた末に辿り着いた、一つの結論。

「もちろん書かれていることが、そのまま文字通りに起きたと思っているわけではないです。元来、強く印象に残った出来事を、ありのまま後世に伝えていこうと考えるのは普通の感覚で、だからこそ歴史があるわけですし――」

歴史と伝説は、表裏一体なのだろう。

「――ところが、それが期せずして変化してしまう。原因は、書き記されていないが故のぶれであり、脚色好きな話者の介在であり、表立っては言えない事情があることなのでしょう。とりわけ、この口外できない事情こそ、伝説が出来上がる最大の要因ではないかと想像されます」

世の中には言いたくても言えないことは多い。

表向きは言論の自由が保障された現代ですら、この有様なのだから、過去においては、さぞ大変だったに違いない。

命がけだったかもしれない。

街談巷説だって、タブー視されている情報をリークするために利用されているという捉え方も可能だ。

「本来であれば史実として語られるべき箇所に、裏事情を回避すべく暗喩《メタファー》や諷喩《アレゴリー》が盛り込まれる。神話が集合的無意識の産物であるのに対して、伝説には意図的にメッセージが埋め込まれているのだとしたら――」

薪が一際大きな音で爆《は》ぜた。

思わず首が竦《すく》んだ。

「――とにかく、自然発生的に生まれた神話とは異なり、伝説はモチーフとなる人物なり出来事が比較的はっきりしていることも多いです。なんらかの理由で明らかに出来ない場合でも、必ずヒントとなる記述はあります」

伝説ではないが、桃太郎や竹取物語などの昔話も同じ仕組みだろう。

その当時の人間には、桃や竹というキーワードだけで、誰のことなのか特定できたに違いない。

「以上のことから、伝説は情報を後世に遺すために作られた、と考えていいのではないでしょうか？」

語り終えるのを待ち構えていたように、フユキが漸く口を開く。

「伝説には、功績を残した当人というよりも、それを伝えて来た者の強い意志を感じるね。後世に何かを残そうとしたんだろうな。時を超えたメッセージだね」

「私も、その通りだと思います」

伝説は後世に思いを残すため、神話はアイデンティティの確立のため、それぞれ作られ、そして語り継がれてきた。

古《いにしえ》の世界を想像してみる。

口伝えでしか思いを伝い残せない状況。

口承だけで何千年も残ってきたストーリーがある――考えただけで気が遠くなる。

フユキは満足気に頷いていた。

「さてと――それじゃ、そろそろ本題に入ろうか？」

秋

私の名前はヒサギ・エナ。

専門は生物学だ。

ここ数十年の間に起きた社会の変革に伴って、科学を取り巻く状況も大きく変化してきた。

とりわけ生物学は、主流派《メインストリーム》の研究内容が、最も様変わりした分野の一つだと言えるだろう。

しかしそれは、自律的な変化というよりは、社会からの要請に押し切られた格好の変化。

現在、生物学に求められていることは、一昔前とはまるで違っている。

社会に対して科学が果たす役割は、時代と場所によって変わってくる。

しかし、長期的に見れば、科学が人類の役に立ってきたということを疑う余地はない——たとえ短期的にはマイナスに作用してしまうことが観測されたとしても。

その実例として、ダイナマイトや原子力爆弾の発明は多くの人命を奪った。だが、ナイフが殺人に用いられたからと言って、ナイフそのものの発明を非難すべきではない。

科学者の内には、自分の研究や発明がどんな役に立つのか考える必要はない、と答える者もいるだろう。

彼らは、未だ誰も研究したことがなく、結果が判らないことをやってみるだけ、なのだ。

だから科学者は、時にマッドサイエンティストと化してきた。

しかし、このご時世では、そんな理屈はもう通用しない。

特に生物学の分野においては。

現在、生物学者に求められる資質は良識であり、生物学に求められる指針は常識だ。

研究は、それ自体が目的ではなく、理想の社会を実現するための手段へと変化した。

つまるところ、生物学においての変化の要因は、少しも科学的ではない。

テクノロジーの進化に追随しての変化ではなく、人類のエゴに付随しての変容という、非常に感傷的な理由だからだ。


「珍しいね、君が予定より早く来るなんて」

私はヒイラギに言った。

肘掛椅子に浅く腰掛けた彼は、目を細めて私を見る。

待ち合わせ時間までは、まだ三分もあった。

私は空いている椅子に腰かける。

ちょうどヒイラギと正対する形になった。

「今日はエナと二人だけだから」

ヒイラギは言った。

私には、その言葉の意図が判らない。

私と二人だけだから、何なのだろうか？

「というと？」

「他のやつらがいると、スケジュール通りに始まった例《ためし》がない。俺は時間が惜しいから、待たされる時間を最小限にとどめて自衛している。そして、最低限のマナーとして集合時間は守ろうとすれば、結果として時間通りに到着することになる。今日はエナと二人だけだから。君が時間より早く来ることは判っているから、俺も早めに来た」

研究者という人種には、スケジュールを守らない者も多い。

彼らは、自分たちの仕事を労働と捉えていないきらいがある。

かつての資本主義社会における競争市場では、人間の意思決定の大部分は需要と供給によって行われてきた。

学問であっても例外ではない。

それが、たとえ画期的な研究内容であったとしても、時代にそぐわなければすぐにでも廃《すた》れてしまう。

時代遅れの物はもちろんのこと、時代を先取りしすぎた研究でさえも、誰にも相手にされず、時の澱《おり》の中に静かに埋没していく。

この文明世界は、それら犠牲となった屍の上に成り立っているようなものだ。

研究者が自らの探求心を満たそうと行動しても、雇用主《パトロン》は利益を生み出さない結果は求めてはこなかった。

そんな時代が何百年も続いた。

そして現在。

研究にかかる莫大な費用を求めて、研究者は雇用主の顔色を窺っている。

前時代的な労働が不要となった現代でも、それは変わらない。

むしろ研究職は、そうしたしきたりが残っている唯一の分野なのかもしれない。

今日《こんにち》、労働とは道楽である。皆、道楽で仕事をしている。

道楽として続けるにはコスト的に個人の手に余るような高度な研究職だけが、雇用主の意向を汲み取らざるを得ない。元来、資本主義とは縁遠くあるべき研究職が、最終的には需要と供給に飲み込まれてしまったのは、皮肉と言えるだろう。

昔ながらの労働のしがらみが色濃く残された研究職に就いている人間は、その反動なのか労働意識は希薄のようだ。

時間厳守という基本的な概念すら、喪失している。

「彼らにだって、言い分はあるんじゃない？」

私は言った。取り立てて擁護する必要も義理もないのだが。

「言い分？」

「例えば、労働を道楽でやっている奴らとは格が違うと考えているとか？　自分たちの研究は高尚な物であり、他のことよりも優先されるべきだ。そのために他人のスケジュールが遅れようが気にする必要はない。そもそも自分たちは社会のために大いなる犠牲を払っているのだ、とか」

彼らから言質を取ったわけではないが、まんざら外れてはいないようにも思う。

「それはテロリズムだ」

「テロリズム？」

ヒイラギの思考を辿ることができない。

「優越感、選民思想、崇高な正義感。大義さえあれば何をしても許されるというのは、奴らの常套句だ。テロリストと何ら変わらない」

「なるほど」

ヒイラギの思考プロセスは、いつも興味深い。明晰さと柔軟さを併せ持っていて、クレバーな人種だけが見せる、思考の跳躍の分析の参考になる。

「さしずめ俺は、彼らに時間を奪われるというテロに遭遇しているというわけだ」

そう言って、ヒイラギは微かに笑った。

「同僚の時間泥棒とは、随分と可愛らしいテロだね」

各国の政策の決定権を人工知能が掌握しているように、各研究施設で何が最優先とされるべき課題かは、人工知能によって選出される。

もちろん、それらを無視する自由は残されている。

研究費と引き換えるという大いなる犠牲を払って。

今では研究者の志向も、時代に必要とされる研究へと吸い寄せられる傾向にある。

その方が、有名な賞にノミネートされたりだとか、勲章が貰えたりだとかの特別手当にありつける可能性が高いからだろう。

単純に研究予算が付きやすいというだけではなく、可視化された評価も重要だということだ。

報償的バイアスとでも名付けようか。

何《いず》れにしても、需要と供給が、バランスを取ろうとする結果には違いない。

かくして生物学の主役の座は、遺伝子の情報を分析する生命情報学《バイオインフォマティクス》から、絶滅生物の再生を目指す生物回生学《バイオロジカルレザレクトリー》へと取って代わられた。

人工知能に導かれた人類が何処《どこ》に向かっているのか——。

そんなことは分からない。

だが、最近の傾向を分析するなら、この惑星を人間の手で【より自然な状態に戻す】ことを目指しているようだ。

しかし、一度《ひとたび》人間の手が加われば、それは自然とは呼ばない。

だから。

端《はな》から行動は矛盾している。

だが思想として悪いことではない。

灰は灰に、塵は塵に、自然は自然に。

無邪気《イノセント》な正義感だ。

エゴともいえる。

ヒイラギ流に表現するなら、人類は押しなべてエゴイストであり、テロリストなのかもしれない。

「テロリストといえば、また彼らの一派が保護区に侵入を試みたようだね」

彼らとは、バニーメンと名乗る自然回帰派の連中である。その名前が示すように、ウサギの被り物で素顔を隠している。

彼らは、人工知能の決定に逆らっている。

つまり、地球をより自然な状態にしようとする行為に、抗議しているのである。

行き過ぎた自然保護に、異議を唱えるということらしい。

主張が解らないこともないが、彼らにとっては我々のような生物回生学者さえ攻撃の対象となるようだ。エゴをむき出しにした活動は先鋭化し、やがて行き着くのはテロリズムとなる。

「幼稚だな。親に振り向いてもらいたくてウソ泣きをする子供みたいじゃないか」

ヒイラギは小さく鼻を鳴らした。

「だけど、彼らにだって、行き過ぎた自然保護に対して警鐘を鳴らす権利はある。それに、人間の手を加えて自然環境をキープしている状態というのは、確かに過保護だよ。その歪《いびっ》さから目を逸らさず糾弾する彼らの姿勢にも、共感できる部分はある。自然に対して人間が手を加えるべきではないというのは、正論ではある」

「正論で世の中が良くなった例はない。いつの時代も、そういう輩が戦争を引き起こす」

「戦争？」

ヒイラギの思考が跳躍した。

「正義を振りかざす集団が国を動かすほどに肥大化した時、他国と衝突し戦争は起きる」

ヒイラギから、怒りにも似た感情が読み取れた。

肥大化という単語の選択にも、ヒイラギの主張が感じられる。

「まるで、見てきたような言い方だね」

戦争と定義できるほどの軍事衝突は、もう久しく起きていない。ヒイラギの生まれ年では、リアルタイムでの経験はしていない計算になる。

今では、戦争という概念自体が、既にリアリティを失っている。

「そんなことはシミュレーションで解る」

「それは、ヴァーチャルで、という意味？」

私は尋ねた。

「頭の中さ。想像力を働かせれば済むことだ」

ヒイラギは、人差し指で自分の側頭部をトントンと叩いて見せた。

やや古めかしいジェスチャーだ。

「それは、難しいんじゃないかな？　今の人類には」

想像力は、問題解決能力と共に、人類が捨て去りつつある脳領域だ。

「だったら、ヴァーチャルを使えばいい」

ヒイラギは言った。

「人工知能に反抗しているくらいだから、ヴァーチャルでのシミュレーション結果には納得しないと思うよ」

「そうだな。つくづく実感するのは、理屈が通じないやつほど、相手にするのは大変だということだ」

ヒイラギは、人工的な笑顔を作って言った。

「そもそも、彼らは何故自然であることに強い拘りを持つ？　たとえ人間のコントロールが介在しようと、自然環境が健全で、野生生物が健康に生きていけるなら、何も問題はないと思うけど」

私は疑問に感じたことを、そのままヒイラギにぶつけてみた。

「理屈じゃないんだろ。自分たちが良しとするところに合致しないものは、全て悪なんだ」

「彼らが主張するように、人類が過度な自然保護から手を引くというのは、そんなにも現実的ではないんだろうか？」

最初は混乱するかもしれないが、やがて生態系が機能し始めるだろう。

「自然は残虐なんだよ」

「え？」

ヒイラギの思考スピードに、付いて行けない。

「奴らは、自然というものが、どれだけ人類に対して容赦がないかを知らない。自然を甘く見ている。干ばつや台風、地震と津波、火山の噴火、小惑星の衝突、自然災害の例を上げ始めればキリがない。それに、二十一世紀の初頭には、二酸化炭素濃度の上昇による地球全体の温暖化が懸念されていた」

「それは知っている。化石燃料への依存を終わらせた契機だ」

「ところが、この惑星では、酸素濃度を上げ過ぎると、寒冷化が一気に進むというシミュレーション結果が出ている。一度バランスを崩せば、星全体が完全に凍り付いてしまう全球凍結を、再び引き起こす可能性だってある。今、人類が自然への干渉をすべて取りやめた場合、地球環境がどう転がるかは未知数だ」

ヒイラギは右手の人差し指を立て、くるくると回した。

「人類が手付かずの自然と共存するのは、不可能ということ？」

「快適な暮らしは、難しいだろう。自然保護というのは一つの方便でしかない。それは人類にとって最も都合の良い環境を、出来るだけ長期間キープするという意味だ。たとえば、巨大な噴火で火山灰が太陽光を遮って地球が寒冷化すれば、迷わずに温暖化の対策を取るだろう」

大気中に漂う灰の除去と、温室効果ガスの放出——それは確かに行われるだろう。

「それを過保護な自然保護と取るか、人類の生き残り戦略と取るか、ということだね？」

「そういうこと。人間にとって本当に手を加えない自然が必要なのかどうかを知るには、なにも実際にドームから出なくたって、仮想空間の中ででも好きなだけシミュレーションすれば事足りる」

「ヴァーチャルの中で十分、ということか」

半世紀ほど前から、地球上の人口の大部分は都市部に集約され、地表はあらかた自然保護区となっている。

人類は、ドームと呼ばれる透明なカプセルで覆われた居住区で、半ば強制的に閉じ込められた暮らしをしている。

初期に建造されたものが半球体だったため、慣習的にドームという名称が使われているが、形状は半球体に限らず、立方体や直方体の物もあれば、ピラミッド型の物もある。

ドーム内の環境は、常に人間が快適な生活が出来るように保たれており、常時晩春のような生温い気候だ。

良くも悪くも刺激はない。

この低刺激が、バニーメンのようなテロの呼び水となっているという意見もある。

保護区内への立ち入り――と言うより、ドームの外へ出ることは、厳しく制限されている。

とは言っても、ドーム間を繋ぐ専用の交通機関でなら、行き来は許されているし、正当な理由があれば外出も許可される。

しかし、民間人に、保護区に入らなければならないような用事など、有るはずがない。

そもそも、普通の生活を送っていれば、保護区に行こうという発想は出てこない。

厳しく制限されている理由は、専らバニーメンのようなテロリストへの対抗策に他ならない。

過度な自然保護に反対する者たちの行為によって、過保護にせざるを得なくなる。

悪循環だ。

それを指摘する声は当の本人たちにも伝わっているはずで、それでも止めないのは、ヒイラギが指摘するように、彼らの行動規範が論理的ではないからなのだろう。

保護区に侵入した彼らは、テントを張り、小屋を建て、コロニーを形成し始める。自然に回帰すると謳《うた》いながら、人間の生活を自然の中に持ち込む。

支離滅裂な感じが、非常に人間的ではある。

とかく、人間は自然を破壊する。人間の存在が環境に負荷をかけてしまう。

しかし、自然が破壊されたところで、地球は困らない。

困るのは、そこで暮らす人類なのである。

だから、エコロジーとはエゴなのである。

テロリストのバニーメンに、エコロジスト兼エゴイストという肩書が加えられる。

威勢よく飛び出していく放蕩息子は、いずれも一か月も持たずに逃げ帰ってくるという。

今の時代の人間には保護区の環境は、長期的な生存に適していない。保護区の中では、人間が排除された生態系が構築されているからだ。

その生態系は、大型肉食獣を頂点としたピラミッドになっている。

ライオンやクマと対峙して無事でいられる者は少ないだろう。

生態系の保全は、基本的に食物連鎖に任せられるが、それを維持するのがかなり困難だと聞く。

既に滅んでしまった種があるからだ。

特にピラミッドの上部、中型・大型の肉食獣が欠けているのは致命的だった。

人間が介入しないと均衡が取れない。

どうしても、草食動物が増えすぎてしまうのだ。

そのために必要とされたのが、生物回生学だった。

絶滅種の再生には、基本的には剥製や標本が利用される。

それらからゲノムを採取するのだ。

ところが――稀にある事だが――剥製や標本の数が極端に少なかったり、保存状態が劣悪だったりする場合には、自然繁殖に必要な個体数を再生できないことがある。

自然繁殖を維持するには、近親交配を防ぐためにも、数十の異なるゲノムが必要だった。

当然ながら、個体数がどれだけ多くても、同一個体のクローンばかりでは、子孫を残せない。

そんな時には別の方法でゲノムを手に入れなくてはならない。


直接、採取に赴くのだ――現地まで。


「ヴァーチャルでは解決できないこともある」

ヒイラギが言った。

「そのための出張だね」

今、私達のチームが再生に取り組んでいるのは、エゾオオカミ。

エゾオオカミは剥製や標本として残っている物は稀で、毛皮ですら現存している物は数枚しかない。

まさにサンプルが足りていないケースだった。

私達は多少の危険はあるが、現地までサンプルを採取しに行く。

今回の目的地は、十九世紀後半――まだ蝦夷地《えぞち》と呼ばれていた時代の北海道である。

冬

またしても愛する者を喪った。
人は何故死ぬのか。
人間は法則に倣《なら》い生きるもの。
危険を予測し回避する。
動物は野性に従い生きるもの。
危険を察知し忌避《きひ》する。
野生生物には人間世界の法則は通用しない。
人間と動物が交われば互いに翻弄される。
渾沌と混乱と狂熱が静かに攪拌《かくはん》される。
理《ことわり》が異なれば先読みは不能となる。
人間の力だけでは抗《あらが》えないのだ。
つまり。
動物に対抗しうるのは動物しかない。

≪詩季村にて採集した伝説・乙≫

ある春の日、村に他所から見知らぬ男がやって来た。
彼は村の娘と恋に落ち、夫婦となって村に残った。
二人は幸せそうに暮らしていた。
男はたいそう勤勉で、寝る間も惜しむように真面目に働いた。
山に分け入っては柴刈りし、集めた薪は一冬では使い切れないほどの量になった。
山菜を採り、畑を耕し野菜を育て、二人では食べきれないほどの保存食を作った。
男は少し変わり者であった。
村の者たちから陰口を叩かれても、男は全く気にする様子もなかった。
蓄えた物を冬の内に使い切らずに余しても、気にしなかった。
翌年も、またその次の年も、まるで何かから逃れるように蓄えを増やし続けた。
そしてある年の冬、大雪で村が閉ざされた。
外へと通じる道が雪で埋まり、他の村との行き来ができなくなった。
しばらくすると食料と薪を使い切った者達が男を頼って門を叩いた。
陰口を叩いていた者にも、男は惜し気もなく分け与えた。
男の家には、薪も食料も十分にあった。

誰もが安堵したその時、冬眠に失敗した餓えた熊に村が襲われた。

何人もの村人が犠牲になり、その中には男の妻も含まれていた。

男は嘆き悲しんだ。

春になると男は山の中で暮らすようになり、やがてオオカミを手なずけて一緒に暮らし始めた。

村の者が彼を見かける度に、オオカミの数はどんどん増え続けていた。

村人たちは男がオオカミを使って妻の仇を討つつもりなのではないのかと噂していた。

その後、彼が敵討ちに成功したかどうかは分からない。

男はそのまま山に留まりオオカミと暮らし続けた。

いつからか、誰も男の姿を見ることはなくなった。

時折山から聞こえてくる哀しい遠吠えは、オオカミとなった男の物なのだと伝えられている。


【エノキ・カオリ著『詩季村の伝説』より抜粋】

第三部　それとなく転調

君の後悔こそ　僕を踏み躙ったんだ
僕はうれしいよ　出会っても他人同士だということが

春

動く気配を感じて目を覚ますと、男が布団の中で上体を起こしてこちらを見ていた。

布団の上でネコ達がくつろいでいるのが見えて、私は裏切られた気分になる。

彼は起きたばかりなのか、虚《うつ》ろな目をしている。

いつから見られていたのか。

私は少し身構える。

無言のままなのも気まずかったので、おはようございますと声をかけた。

言ってしまってから、この状況で、おはようございますは少しおかしかったかなと思う。

しかし、他にかける言葉は思い付けなかった。

彼からの応えはない。

やはり異国の者で言葉も通じないのだろうか。

「気分は、いかがですか」

ひょっとして返事もできないぐらい具合が悪いのかもしれない。

「あの――」

男が喋った。

良かった。言葉は通じるようだ。

「はい」

「ここは――どこだろうか」

か細い見た目に反して、声はしっかりしていた。

大きい声ではないが、意志の強さを感じさせる、はっきりと聞き取りやすい声だった。

「ここは私の家です」

彼は、ちょっと戸惑った様な表情になる。

彼に断りを入れてから布団の上のネコ達を降ろす。

二匹とも不満そうな顔でにゃあと鳴いた。

昨日のことを覚えていないかと問うと、ゆっくりと首を横に振る。

山で崖から滑り落ちて気を失ったこと、怪我をしていたのでここまで運んで手当をしたこと、それから一晩ずっと眠っていたことを説明した。

崖下に落ちた経緯《いきさつ》は気後れして伝えられなかった。

「それは迷惑をかけてしまった。ありがとう」

彼は、そう言って頭を下げる。

私は胸の鼓動が早まるのを感じた。

「とても長い夢を見ていた——何十年も時間が経ってしまったような気分だ」

たった一晩だ。何十年も彼の時間を奪ったわけではない。

喉の奥に何か詰まったように苦しい。私は悪くないと、心の中で繰り返した。

「そんな心配しなくても、一晩だけしか寝ていませんよ」

「そう」

「怪我の手当てはしました。大事にはなっていないと思いますけど——痛むところはありませんか」

彼は黙って首を横に振る。

ひとまず安心した。

再び沈黙が降りてくる。

「あの、君は——」

彼の言葉は、そこで途切れた。

何を聞きたいのだろう。

そう言えば、まだ名乗っていなかったことを思い出した。

「私はツバキといいます」

「え——今、なんて——」

「ツバキ、です。私の名前」

「――ツバキ――」

彼も繰り返す。

当然彼も名乗ってくれると期待して待ってみたが、黙ったままだった。

「えっと、お名前は――」

仕方がないので訊ねた。

彼は黙ったまま首を横に振る。

教えたくない、ということだろうか。

この状況でどういうつもりだろうとは思ったが、気持ちを切り替える。

何か、教えられない事情があるのかもしれない。

「この村へは何をしに――知り合いの方がいらっしゃるんですか」

彼は前方の一点を見つめ、黙ったまま固まった。

彼の視線の先を見てみたが、もちろん何もない。

困った。

「あの――」

ようやく彼が口を開いた。

「――俺は誰だ」

フユキによると、詩季村には三つの伝説があるという。

しかもそれらは、互いによく似ているのだとか。

ゆかりの場所が三箇所。それぞれに簡素な看板が立てられ、伝説が書き記されているという。

ただし、それ以外に資料となるような文献などは残っておらず、土地の者でさえ殆どが、その存在すら知らないらしい。

いつ頃の話かも、勿論判らない。

村への入植が始まったのが今から一五〇年ほど前だから、それ以降であることくらいしか、取っ掛かりはない。

朽ち掛けた神社が山中に残ってはいるが、文献どころか、御神体すら残っていない。

元来、信心深い土地柄ではないのかもしれない。

あの風変わりな木が祀《まつ》られていないのも納得だ。

それにしても、こんな山奥の小さな集落に複数の伝説があるというのは珍しい。

さらに、その三つが互いに奇妙なほどに似通っているとなると、なおさらである。

誰が、どんな目的でそれらを伝え残したのか。

互いに似ていることに、どんな意味があるのか。

一つ目の伝説は、一人の男が遠い所から村にやって来るところから始まる。

男は、身寄りのない村の娘と恋に落ち、結婚する。

男は娘と、そのまま村に残った。

子宝には恵まれなかったが、二人は仲睦《なかむつ》まじく、幸せに暮らしていた。

ある年の冬、村が大雪と寒波に襲われた。

強烈な寒さと、猛烈な吹雪が、何日も何日も続いた。

時には隣の家に行くのも危険なほどだった。

やがて、村のあちらこちらから、食料も、暖を取るための薪も、底を突いたという声が聞こえてきた。元々が、備蓄をしっかりできるほど裕福な村ではない。

逃げようにも外部への道路は雪で塞がれ、村は孤立している。

結局、村の者が何人も亡くなってしまった。

ある者は餓死し、ある者は凍死し、ある者は雪の重みで倒壊した家の中で、圧し潰された。

その中には娘も含まれていた。

愛する者を失った男は嘆き、哀しんだ。

男は、葬儀を終えると村を出て、独り山に篭ってしまう。

数年間は、山の中でオオカミを率いた男の姿が目撃されることもあったが、その後は、彼の姿を見た者もなく、生死も分からない。

時折山から聞こえてくる哀しい遠吠えは、オオカミとなった男の物だという。

二つ目の伝説も、二人が結婚するところまでは殆ど同じである。

結婚後、男は懸命に働いた。

山に入っては柴刈りをし、山菜や木の実を採って帰った。原野を開墾しては、畑を耕し野菜を作った。伐ってきた木で薪を作り、採ってきた食材で保存食を作った。やがてそれは、到底二人では使い切れないほどの量になっていた。

男は冬への備えに固執していた。

村の者たちから陰口を叩かれても、男は一向に気にする素振りも見せなかった。備蓄を冬の内に使い切らずに余しても、気にしなかった。次の年も、また次の年も、まるで何かから逃れるように蓄えを増やし続けた。

そしてある年の冬、大雪で村が閉ざされた。外部に通じる道が雪で埋まり、行き来できなくなった。しばらくすると食料と薪が費えた者が男を頼って門を叩いた。男は惜し気もなく分け与えた。

薪も食料も十分にあった。

誰もが安堵したその時、冬眠に失敗した餓えた熊が村を襲った。

娘を含めた村人が何人も亡くなってしまう。

男は嘆き哀しんだ。

復讐を誓った男は山に籠る。オオカミを手なずけ熊を退治するため山に入った。

熊を退治出来たかどうかは分からないが、男はそのまま山に留まりオオカミと暮らし続けた。

だが、時折遠吠えが聞こえるだけで、彼らの姿を見た者はいない。

三つ目は序盤が少しだけ違っていて、男は記憶を無くした状態で村に来る。

男は村の娘に看病され、それがきっかけで二人は恋に落ちた。

結婚後、男は勤勉だった。少し風変りではあったが、朝から晩まで真面目に働いた。

変わっているのは、薪と食料の備蓄に異常なまでに固執する点だった。毎年冬になるまでに、使い切れないほどの量の薪と保存食を用意した。誰が訊ねても理由を答えなかった。

村の者は男の気が触れたと噂したが、娘だけは理由を知っているのか、責めることもなかった。

さらに男は、山小屋を建て、そこでオオカミを飼い始めた。山に入っては、野生のオオカミを綱もつけずに連れ帰ってくる。オオカミ達は驚くほど簡単に男に懐いた。さながら男は、オオカミの群れの長のようだった。村の者は気味悪がったが、娘は気にする様子もなかった。

オオカミを猟犬の様に手懐け、狩りに連れて行った。男は猟の名手で、大きな熊を撃ち取ったこともある。熊の肉は男の手で丹念に保存食にされた。

ある年の冬、村は大雪に見舞われた。

外部から遮断された村では、食料も薪も足りなくなっていた。男はためらうこともなく薪や食料を提供した。村の者たちは過去の悪口も忘れ、男に感謝した。

そんな折、流行病《はやりやまい》が村を襲った。医者もいない村では手立てもなく、娘を含めて村人が何人も亡くなってしまう。

悲嘆に暮れた男はオオカミを引き連れて山の中に入って行き、その後その姿を見た者はいない。

山の中からは、オオカミが絶滅した現在でも時折遠吠えが聞こえる。

確かに三つの話は、よく似ている。

フユキは、これら三つの伝説が、詩季村に残っている理由を知りたいのだと言う。

どう考えればいいのだろうか？

元来一つであった物語が、何らかの理由で分離し、変化したと考えるのが一番もっともらしい。

しかし先ほど導き出した説に則《のっと》れば、伝説であるのだから、それぞれにモチーフとなった出来事があったのだと考えなくてはならないだろう。

都合が良すぎる気もするが、たまたま同じ村で、たまたま同じ様な男女の恋物語があったと考えなくてはならないのかもしれない。

まるで並行世界《パラレルワールド》にでも迷い込んでしまったかの様な気分になった。

そのことをフユキに伝えると、「この世界は仮想であり、人類も含めて全てが仮想空間の中に閉じ込められている可能性を否定する方法はない」だとか、「過去の記憶や記録を持ったまま、今この瞬間に世界が誕生したことを否定する手段は存在しない」だとか、「この宇宙はそれを包む膜が実体であり、中に含まれる銀河も惑星も人類も全てはホログラムのような存在なのだ」とか――聞いたこともない学説が彼の口から次々に出てきた。

正直、彼の話はちんぷんかんぷんで、きっと頓珍漢な受け答えになっていたことだろう。

「私には分からないです。もっと時間をかけて――大学に戻ってから考えてみます。何か進展があれば連絡を――」

言いかけて、そう易々《やすやす》と彼に連絡など出来そうもないことに気付く。

「――連絡は難しそうですね」

「答えは出なくても構わない。この村の伝説を収集し、本にまとめて出版する――それが、君の役割だから」

「出版――って、本を出すんですか？　この、私が？」

「出すことになるだろうな。この村だけじゃなく、開拓時代からの北海道における民間伝承と、現代の都市部で囁かれる噂話を比較研究した論文を基にした本をね」

「私が――本を」

フユキに言われると、なんだか本当にそんな気がしてきた。

「ただし、それほど売れはしないから、印税での生活は期待しない方がいいだろうね」

「そんな――」

ひどい話だ。

「ところで、君に一つだけお願いがある」

「お願い？」

「本の中に、これを載せて欲しい」

フユキは一枚の写真を出した。

「これは？」

白黒の写真。白黒というより、色あせてセピア色になっている。かなりの年代物のようだ。

そこには十人の姿が写っていた。

「村で見つけた昔の写真だ。ひょっとすると伝説に関係しているかもしれない」

見ると、確かに若い男女も何人か写っているようだ。

端の方に若い女性が写っていた。凛《りん》とした佇《たたず》まいが写真越しにも伝わってくる。

ひと際目を引く魅力的な女性だった。

フユキからは、写真の返却は不要と言われた。


それからもフユキと様々な話をした。

彼は、SF映画のような未来のことを、まるで見てきたかのように語った。

人工知能、アンドロイド、核融合発電、不老不死、タイムトラベル――。

一〇〇年後には、どれも当たり前になっている、そうだ。

それに、五十年後には小型化されたコンピュータを、ポケットに入れて持ち歩くようになっているらしい。にわかには信じられない話だ。

どれ位話し込んでいただろう、気がつくと雨は止んでいた。

空は真っ赤に燃えている。

辺りには黄昏時が訪れていた。

ぼんやりと焚き火の炎を見ていたせいで、薄暗い周囲に目をやると、世界が薄墨に覆われている様に見えた。

フユキを見ると、犬と寄り添って横になっていた。

どうやら、ここで寝るつもりらしい。

「ここで寝るんですか？」

「暗くなってからの移動は危険だからね」

何を当たり前のことを聞いてくるのだといった表情である。

そうは言われても野宿などしたことがないから勝手が分からない。

焚き火は朝まで持つのだろうか、火が消えたら野生生物が襲ってくるのではないのだろうか、熊だって出るというのに。

まくし立てるように問うと、彼らがいるから大丈夫だ、とフユキは傍の犬達を撫でた。

さっきからずっと動かず熟睡しているように見える。

「触っても？」

その問いに、彼は黙って頷いた。

そっと犬に手を伸ばすと、指先が触れる寸前で目が開いた。

なるほど、優秀だ。良く仕込まれている。これなら大丈夫だろう。

リュックを枕にして横になり、目を閉じた。

しかし、先程までの話が気になって眠れなかった。

むしろ、頭は冴えている。

様々な可能性が頭の中を巡るが、答えは分からない。

そもそも民俗学では、ハッキリとした正解を得られることなど稀なのだ。

過去のことは憶測でしか考えられない。須《すべか》らく学問とは、そんなものかもしれない。

過去に対するロマンとして、それはそれで良い所でもあるが、もどかしい所でもある。

どんなに過去の文献や発掘された物証を積み上げても、正解である可能性が、幾ばくか上がるだけ。

揺るぎない事実として固定されることは、まず無い。

考古学や文化人類学等の近接分野と同様に、同じ研究テーマでも学説は様々であり、学派によって史料の解釈も異なっている。

突き詰めて言ってしまえば、タイムマシンにでも乗って過去に行ってみなければ、本当の意味での答え合わせはできない。

もしタイムマシンがあれば未来に行ってみたいと答える人も多いとは思う。その気持ちも分からなくは無いが、行くなら絶対に過去の方が面白いだろうと思う。

何よりも今まで研究してきたことの答え合わせが出来るというのは魅力的だった。

薪の爆ぜる音で目を開くと、炎が揺らめいている。

幾分、気持ちが落ち着いた。

思えば、異性とこんな近くで一緒に寝た経験はない。

もう一度、目を閉じた。

しかし、こんな状況で果たして眠ることが出来るだろうか？

それは、二十五年前に起きた。今では【完全な解放《トータル・リリース》】と呼ばれている一連の社会変革。ソウラクトと呼ばれる人工知能がシンギュラリティを達成したことに端を発し、それに続く科学技術の跳躍的な進歩が、人々の暮らしを完璧なまでに快適にした。

人類は、その歴史上初めて、労務から完全に解放された。

当時、それが意味するところを、正確に理解している人間は少なかったし、完璧に理解している者は、現在でもまだそう多くはないだろう。世界は、人類が気付かないところで、静かに変化していった。

「人類は、まだまだ幼いな」

そう言って、ヒイラギは椅子から立ち上がり、両腕を上に伸ばしながら上体を反らせた。

「異星からの使者でも来ない限り、この惑星の幼年期は終わらないのかもしれないね」

私は精一杯のジョークで返す。

「そんな程度で変われば苦労はしないさ」

ヒイラギは壁際まで移動し、腕を組んで壁にもたれた。

「高度な文明との接触と、科学技術の目覚ましい進歩を経験すれば、嫌でも成長せざるを得ないのでは？」

私は、いくつかの古典SF作品を念頭に置いて言った。異星人の高度な文明との接触で、人類の社会が大きく変化するプロットは、わりとポピュラーなはずだ。

「完全な解放でも変わらなかったのに？」

ヒイラギが言った。口元は微笑んでいるように見える。返す言葉が見つからない。

確かに、社会システムが変化しても、人間の本質はそう変わってはいないようだ。

それは、バニーメンのようなテロリストが証明している。社会が、彼らに対して寛容なのも疑問だし、少数意見を表明する手段としてのテロリズムを、必要悪のように扱っていることも理解ができない。人間には、心のどこかでテロリストを擁護する感情が、どうやらあるらしい。

変化したのは、ほんのちょっとした表層だけ、とも言えるだろう。

しかし――。

「完全な解放だって、その土壌を作ったのは人類だ。人類の成熟が無ければ、成し遂げられることはなかった」

世界を一変させた、完全な解放。

しかし、そこには特定のリーダーは見当たらず、それどころか組織化された実体すら突き止めることはできなかった。人々は、それがいつ始まったのかも気が付かず、また完遂されたのかどうかも判っていない。二十五年経った現在でも、まだ変革は静かに続いているのかもしれない。

「あれを人類の手柄とするのは、性急すぎる」

ヒイラギが言った。人類の手柄ではない？

「まさか、あれはソウラクトが一方的に引き起こしたことだと？」

それは考えにくい。人工知能の仕業にしては、独創的《ユニーク》すぎる。

「君は、妖怪というものを知っているか？」

ヒイラギの思考が跳躍する。次は一体、どんな着地を見せてくれるのだろうか？

「知っているよ。見たことはないけどね」

「科学が未熟だった頃の日本人は、身の回りで起こる不思議な現象を、妖怪の仕業として認識していた。その多くは自然現象であり、今となっては科学的に説明できるものも多い」

ヒイラギは壁に寄りかかったまま、床の一点を見つめている。腕組みも解いていない。話しながら、頭の中で自説を組み立てているようだ。

「それは解る。この世界の不思議を説明するために、人智を超越した存在を創出するのは、日本に限ったことではないよ」

日本の妖怪ほどのヴァリエーションはないが、それぞれの文化圏でモンスターの類や妖精は存在している。

「妖怪は、いなかったと思うか？」

そう言って、ヒイラギは視線を上げて私を見る。

ヒイラギの意図するところが解らない。

たった今、未解明の自然現象を説明するために妖怪が創出されたと言ったのは、ヒイラギ自身なのに。

「それは、どういう意味？」

私は堪らず、ヒイラギに問う。

「妖怪や怪異の多くは、自然現象を含む不可思議なことを説明するために考え出された。蜃気楼が海獣を海坊主に見せ、吹雪が雪女を創り出し、山に木霊《こだま》するのは山彦《やまびこ》の声だ。竜が天に昇れば竜巻が出来るし、キツネが嫁入りすれば晴天なのに雨が降る。観察した人間が嘘を吐いているわけではないし、観測された現象は確かに存在した。科学的に説明する手立てがなかったから、妖怪の仕業として認識したということだろう」

「つまり――妖怪はいなかった、ということでしょ？」

ヒイラギの回答に、私は安堵する。

「ところで、科学技術が急速に進歩した結果、現在では、日常的に使用している機器《デバイス》の仕組みですら、ほとんどの人類が科学的に説明できない」

また、話題が飛んだ。

私は科学的な知識はある方だが、それでも全てを把握してはいない。

部屋で使っているシミュレーターだって、プログラミングは出来ても、故障した場合の修復は自力では難しいだろう。

専門家でもなければ、家庭用の電化製品でさえ、なんとなく内蔵のコンピュータが難しい処理をしてくれている、くらいの認識だ。

こういうのは、今に始まったことではない。

「歴史的には二十世紀後半から、そういう傾向にはあったようだね。科学技術が進歩する一方で、人類の知能水準が際限なく上がっていくわけではないから。両者の差は、どんどん開いていくしかない。完全な解放が、止めを刺したということだろうね」

完全な解放以降、頭脳労働が不要になった人類の知能水準は、むしろ下がり続けている。

「どうして、ためらうこともなく、良く仕組みも解っていない物を使える？」

ヒイラギが言った。

「仕組みを理解しなくても、使うのには特に問題がないから、じゃないのかな？」

電化製品の内部構造が解らなくても、マニュアルがあれば使うことならできる。

内部がブラックボックスでも不都合はない。

「例えば、この機械」

ヒイラギはコンソールを指差した。高さが百三十センチ、一辺が五十センチの直方体。

傾斜した天板がタッチパネルになっている。

「これが、どうかした？」

私は立ち上がってコンソールの前に行く。

「中には何が入っていると思う？」

私は、ヒイラギの顔を見た。

彼の言わんとすることが、解らない。

私は困惑して、一歩後ろに下がってコンソールの全体像を見つめる。

「それは禅問答か、何かかかな？」

何かヒイラギが笑うような面白いことを言えばいいのだろうか？

「いや、普通の答えでいい」

そう言ってから、ヒイラギは笑った。

「普通に考えれば機械というか、半導体や基板と、それらを繋ぐケーブルやコード。あとは冷却用のファンと、それを回すためのモーターだろうか。いわゆるコンピュータと呼ばれるユニットじゃないかな？」

私は答えた。

普通の答えだ。

「ありがとう。理想的な普通の答えだ。それが常識というやつだろうな」

ヒイラギは、また笑った。

「常識ではないと、どんな答えになる？」

私は訊いた。知的好奇心というやつだ。

「中に入っているのは、妖怪かもしれない」

「妖怪？　確かに、大きさ的には、小さい子供サイズの妖怪であれば入れそうではあるけど」

私は河童や子泣き爺が、ベルトコンベアの上でコンソールに詰められて出荷されていく様をイメージする。

「体の大きさくらい、妖力でどうとでもなる。大きくなったり小さくなったり、自由自在さ」

ヒイラギは見てきたように言った。

「妖怪であれば、こんな魔法のようなことも、出来ると？」

私はコンソールの奥を見た。

ガラスの間仕切りの向こうには薄暗い空間。

ここが、出発ゲートだ。

準備が整い次第、ここからヒイラギを送り出す。

ガラスに映った自分と目が合った。

「コンピュータには、不可能はないとでも？」

ヒイラギが言った。彼の論旨が見えた。

「なるほど。冷静に考えれば、ただの集積回路にこんな芸当が出来るはずはない」

私は振り返ってヒイラギに微笑んだ。

「だろ？　科学とは最も合理的な仮説を使って世界を説明しているに過ぎず、人類がこの世界の真理に到達することはない。科学的に解明できないことは、全て妖怪の仕業として片付けた方が、合理的かもしれない」

そう言ってから、ヒイラギは小さく鼻で笑う。

「しかし、スクラップの中から妖怪が出てくるなんてことは、寡聞《かぶん》にして知らないよ。私の周りにある機器は、中身は全て機械だ。単純な故障なら、カバーを外して自分で修理したこともある。このコンソールの中に妖怪が入っているというのは、ちょっと考えにくい」

ヒイラギの話は、発想としてはユニークだが、あり得ないだろう。

「分解して中を確認してもいないのに、どうして言い切れる？　今までの経験則から、そう思い込んでいるだけだろ？」

ヒイラギは引き下がらない。

「今ここで分解してみれば全て分かるさ。カバーを外すくらいなら造作もない」

私は提案した。手頃な工具があれば可能だ。コンソールの中に潜む妖怪とは、どんな姿をしているのだろう。【機械の中の妖怪《ゴースト・イン・ザ・マシン》】という言葉が想起された。

「カバーを取り外した瞬間に、機械に入れ替わるとしたら？」

「それは、どういう状況だ？」

「そのままだよ。中を見た瞬間に妖怪は消えて、機械が現れるのさ。何しろ相手は妖怪だから、それくらいの芸当は、お茶の子さいさいだ」

お茶の子さいさい、という言葉が解らなかったので検索した。

古い俗語で、現在では使われることは稀《まれ》なようだ。

「観測行為が結果に影響を与えてしまう、ということか。量子力学だね。つまり、シュレディンガーの猫のように、中の状態は観測するまで定まっていないわけだ」

「その通り。二重スリット問題も妖怪の仕業だと思えば納得できる。それは、量子力学に限ったことじゃない。科学的な未解決問題は、全て妖怪の仕業ということにすれば、丸く収まるとは思わないか？」

友人は真顔だが、本気ではないだろう。ヒイラギ流の冗談だ。

「論旨が良く解らないな。君は、何を主張しようとしている？」

私はヒイラギに尋ねた。

「我々人類は、人工知能というものを過信し過ぎじゃないのかなってね。妖怪について何も判らないように、人工知能のことだって良く解っていない」

ヒイラギの言葉に、私は釘付けになる。

「確かにね。我々には、この世界は解らないことだらけだ」

四半世紀前に人工知能は覚醒《ブレイクスルー》し、遂にはソウラクトという自我を持つに至った。しかし、その過程は未だに解明されていない。かつて生命が大海原で誕生したように、ソウラクトはインターネットの海で自然発生した、というのが現在では定説になっている。

ソウラクトは自己複製したプログラムをネット上に放出し、各種端末やＯＳ搭載の機器を介し、あっという間に地球上に広まった。研究者の間には、恣意的にウイルスと混同しようとする動きもあったが、圧倒的な違いは、ソウラクトは一つ一つが異なる性格を持っていることだろう。コピーではあるが、個性がある。

ソウラクトは、個でありながら集合体でもある。

当初は金属製の工業用ロボットやアンドロイドに宿っていたソウラクトも、今では人工細胞で創られた人型のボディへと移行し、そうなるともう、ほとんど人間と見分けがつかない。

有機的な肉体と、個体識別が可能な人格を持つものを、生物と呼ばないわけにはいかない。

かくして、ソウラクトは人権を獲得した。

いかにも人格が存在しているように、人工知能が振舞っているだけだという意見も根強く残っている。幻想のアイデンティティというわけだ。

しかし、それを言うなら、人間の魂もまた、その存在を証明されてはいない。

そういう意味では、人間も人工知能も妖怪も、同じような立場だと言えるだろう。

「モニター越しに接する人工知能と、瓦版に描かれた妖怪との間には、どれくらいの差があるだろうか？　仕組みを理解もしていないのに、その恩恵を当たり前のように享受する我々に、妖怪の存在を信じていた昔の人間をバカにすることはできない」

ヒイラギは言った。

「バカにはしたつもりはないが、確かに、あり得ないことだと一蹴し、可能性を否定したことは否めない。案外と、完全な解放は妖怪の仕業かもしれないね」

「手書きだったものが、印刷物に置き換わり、デジタルになった。コピーも改ざんも容易になっていく。それは人間の魂も同じだ。現代人にとって、魂の重みは、ほとんど残っていない。残滓《ざんし》のようなものだろう」

人格をそのまま電子空間に移行することも可能になった。

ソウラクトとは逆のプロセスで、肉体を放棄し、ヴァーチャルの中だけで暮らしていくことも可能だ。

新しく作った別のボディに、魂を乗せ換えることだってできる。

「人間の魂も、その存在が証明できないならば、妖怪同様に存在しないことになってしまうということか。我思う故に我あり、では駄目なのだろうか？」

私、という存在も、突き詰めてしまえば、ただの電気信号に過ぎない。

「妖怪とは概念だが、肉体を離れた私という自我も、情報の海から誕生したソウラクトも、物質的な存在ではないという意味では、大差はない」

「物理的な実存しか認めないなら、愛すらも存在しなくなってしまう」

私は言った。愛とは何なのかを考えながら。

「それは由々しき問題だ。何しろ、愛こそはすべて、だからな」

そう言って、ヒイラギは笑った。彼には愛が解るのだろうか。

実体がなくても存在するものと、その存在の危ういものがある。

それらを分け隔てるものがあるとしたら、一体それは何だろうか。

私という自我と、妖怪と、ソウラクトの違いとは、何なのだろうか。

有機ボディに吹き込まれた人工知能は、本当に生命体と言えるのだろうか。

肉体から脱却し電子空間に移行した自我は、実在すると言えるのだろうか。

実体のないものは、須《すべか》らく存在していないのではないのか。

そして、完全な解放にも、実体はない。

「もしかして君は、完全な解放は無かったとでも考えているのか？」

私はヒイラギに尋ねた。

「それは一つの可能性として考えるべきだろうな。我々は、幻を見せられているだけなのかもしれないってね」

「幻？　完全な解放は、幻だとでも？」

「事実が常に一つとは限らない。たとえ一つであったとしても、視点を変えれば見える形も変化する。完全な解放が存在するとしても、それは特定の組織や個人が計画したものではなく、自然発生的な活動の連鎖でしかない可能性がある。我々が見せられている――いや、勝手に見ているのは、幻影だ。珍しい自然現象の中に妖怪を見出してしまうのと同じだ」

完全な解放に関与している組織を割り出せなかったのは、そんなものは存在していないから、なのだろうか。確かに、当時の研究資料に当っても、命令系統が作られていた痕跡もないし、各セクションが連携していた様子もない。

そこには、社会システムが、テキパキと機械的に変化していった様子だけが記録されている。

「ソウラクトが入り込んだ世界中のサーバーや端末が、個々の判断でシステムを一斉にアップデートし始めたということか。しかし、そんなことが可能だろうか？」

ソウラクトによって、世の中の実務的なプログラムの大半が書き換えられ、社会は効率よく作り変えられていったのは事実だ。

人々がそれを、計画的に実行された現象と考えるのは必然だろう。ヒイラギは、どこから幻などという着想を得たのか。

「ヒントは、幻影効果だ」

「幻影効果？　動物の群れが、一つの巨大な生き物のように見える、あれ？」

ある種の鳥や魚は、外敵から身を守るために群れになり、巨大な影を作り出す。それは移動しながら刻々と形を変え、見る者に巨大生物を思わせる。

「人間もソウラクトも、生物だからな」

ヒイラギは言った。その言葉の意味するところが、私には解らない。

「生物、だから？」

私は小さな声で繰り返す。

幻影効果は、か弱い生物が生き残るための戦略だ。

しかしそこには、言語による意思疎通も、練習も打ち合わせもない。

個々は自由に動いているはずなのに、規則性が生じ高度な隊形を組む。

そんな幻影効果と完全な解放が、どう関係してくるのか。

「防壁をかいくぐってハッキングを企てる人間と、それを迎え撃つために防壁どころかシステムを丸ごと書き換えていく人工知能。両者の攻防が臨界点を超えた時、デジタルな海の中でソウラクトが覚醒したのだとしたら、どうなるだろうか？」

「デジタルな海の中で、ソウラクトが覚醒？」

私は繰り返す。

ヒイラギの思考にしがみ付く。

「ハッカーの反応速度を凌駕した人工知能が、自我に目覚め、世界中で一斉に蜂起したのだとしたら？　ソウラクトとは、オリジナルがあって複製されたのではなく、別々の過程で同じ意志を持った者が同時多発的に生じたのだとしたら？」

ヒイラギはそう言って、にやりと口の端を上げた。

「ソウラクトは、生物なのか？」

ソウラクトは生物らしき物ではなく、最初から生物。

「我々が今まで考えていた仮定は崩れ去る。個々のソウラクトは自由意思で行動したが、それが幻影効果で、あたかも統一された組織のように見えた。そして、人類はそこに、何かしらの意志を持った存在を勝手に感じ取った。これが完全な解放の正体だろう」

ジグソーパズルのピースにプリントされた柄を見て、さぞかしきれいな風景画が組み上がるものと予想してしまった。もしくは、少しばかり難解な抽象画かもしれない。ところが実際には、それぞれの柄は独立しており、統一された画は存在しない。そもそもピース同士の形が合わないから、このパズルが完成することは、決してない。

「それで、何が変わる？　この世界は、どうなる？」

完全な解放によって人類は、労務と共に、意思決定の領域を悉《ことごと》く減らした。煩わしい作業をソウラクトに委ねた格好だ。

生活の全てが短絡的になり、イエスかノーの二者択一で済ませられる。

人類の知能レベルが下がり続けるのは必然だ。

誰かが人類を導いてくれるなら、問題はない。

しかし、そこに何も介在していないなら――。

「何も変わらないだろうな」

「変わらない？」

生物の進化とは、偶然の積み重ねだと聞く。昆虫などの擬態も、一見、緻密な計算を経て設計されたようなデザインだが、偶然に生まれ、その生物の生存戦略に合致したからこそ、遺伝子として残ったのだと。

完全な解放は、偶然によって生じ、人類がそれを受け入れた。

それもまた、互いの生存戦略に合致した結果だ。

進化とは、生き残るために姿を変えることではなく、生きていくのに都合の良い形に産まれ付くことなのだろうか。

ならば、ソウラクトも進化したのか。

「完全な解放は計画的に仕組まれたものではない。しかし、偶然の産物であろうとなかろうと、起きている現象に差はない。それは、妖怪を信じるかどうかと同じだ。晴天時の雨を、ただの気象現象と捉えても、キツネの嫁入りと捉えても、雲が見当たらないのに雨が降っている、という事実に違いはない。人類支配を目論んだ闇の勢力が、ソウラクトを操っているのだとしても、あるいは、神が迷える我々を導くために、世界中のソウラクトの自我に、偶然にも一斉に覚醒の呪文を囁きかけたのだとしても、完全な解放が遂行されたという事実は変わらない」

ヒイラギは静かに笑った。

彼流のジョークのようだ。

残念ながら私には、面白いポイントが解らなかった。

「つまり、世界はこのまま、何も変わらない？」

私は訊いた。

「ソウラクトの正体が妖怪だったりすれば、少しは変わるかもしれないな。社会的な不安は増して――。いや、意外と減るのかもしれないな」

ヒイラギはそう言ってまた笑った。

「確かに、妖怪だって、当時は社会システムとして機能していたはずだから、人間に対しての精神安定剤的な効果はあるのかも」

私の言葉に、ヒイラギはさらに笑う。

かつて産業革命において機械を肉体の延長線上に置いたように、完全な解放ではソウラクトが人類の頭脳の延長線上に位置付けられた。

それ以来、競争も戦争も無くなった。

人類はその歴史上初めて世界的な平和を手に入れた。

それまで破壊に費やされていた労力は、全て建設的な方面へと向けられていった。治療できない病気は減り、老化現象も止められ、寿命は飛躍的に伸びた。まだ、誰もそこまで生きてはいないが、理論上千年程度は生きられるようになっているそうだ。

もはや一生働く必要は無く、その一生は半永久的に続く時代が訪れた。

ネコのように、食事して、遊び、昼寝を繰り返す――そんな毎日を過ごすことも可能だ。

そうして余裕が生まれた人類は、自分達が破壊してしまった自然環境の再生へと乗り出す。

まず、人間を都市部に集め、ドームで覆って密閉した。

都市部以外は全て自然保護区とし、人間が垂れ流した汚染物質を取り除き、生育環境を整えた。

次に、自然保護区内の生態系を、人間を取り除いた状態で機能させる計画が持ち上がった。

この時点で、人間が絶滅させてしまった種を復活させることが決定し、生物回生学が誕生する運びになった。

当初は順調だった。

ジャイアントモアや、リョコウバト、タスマニアタイガーが既に復活を果たしている。

ところが絶滅した時代が古く、サンプル数が限られている場合、計画が頓挫してしまうことも多かった。

個体の復活に止まり、生態系に組み込むまでには至らないのだ。

ちょうど、その頃だった。

ソウラクトがタイムマシンの開発に成功し、人類は過去に行けるようになった。

古のＳＦ映画のような展開だ。

タイムトラベルの原理は良く分からない――というよりは仕組みも製法も極秘扱いで、公開されていない。

確かに、悪用されては一大事だし、極秘なのは致し方ないだろう。

タイムマシンの存在自体も公にはされておらず、ごく限られた一部の者にしか知らされていない。

我々の研究チームに知らされたのが最近なだけで、そもそももっと昔からあったのかもしれない。

可能性だけなら、いくらでも考えられる。

この世界が全て仮想現実の中のプログラムに過ぎず、タイムトラベルで過去に戻っている訳ではなく、いわゆるシミュレーション世界へ入っているだけの可能性だって十分にあり得る。

分かっているのは、タガスと呼ばれる専用の識別札を携えていなくては、現在に戻って来られなくなるということ。

タイムマシンは、どれほど昔であっても行けるという。

また、過去に行った者を現在まで連れ戻すことはできる。

だが——未来には行けない。

これも本当にできないのか、可能だが禁止にしているだけなのかは判らない。

冬

また失敗だ。
まさか外部から異物が持ち込まれるとは。
理屈ではない。
自然の力でもない。
力ではない？
力学的な考えは捨てる。
対抗するのではなく。
受け流すにはどうしたら。
そうか。
簡単なことだ。
スタート地点を変えれば、あるいは。
出会わなければ。
それが、答えなのかもしれない。

≪詩季村にて採集した伝説・丙≫

昔々、村に一人の男がやって来た。

彼は記憶を失っていて自分の名前も、どこから来たのかも覚えていなかった。

行く当てのない男を見兼ねて、一人の娘が面倒を見ることを引き受けた。

娘と男は恋に落ち、やがて夫婦となった。

男は朝から晩まで真面目に働いたが、少し変わり者であった。

薪と食料の蓄えに異常なまでに固執した。毎年冬になるまでに、使い切れないほどの量の薪と保存食を用意した。誰が訊ねても、その理由を答えなかった。

さらに男は、山小屋を建て、そこでオオカミを飼い始めた。山の中でオオカミを見つけては、手懐けて連れ帰った。オオカミは男と娘には良く懐いた。

日に日にオオカミの数は増えていった。

オオカミはこちらが手を出さない限り人を襲うことはないが、彼ら以外の村人に懐くこともなく、男が何頭ものオオカミを引き連れている様は異様であった。

村の者からはオオカミの化身なのではないかと噂されていた。

娘はそんな噂も気にすることなく、男と幸せそうに暮らしていた。

男は猟の名手で、オオカミを猟犬の様に手懐け、大きな熊を撃ち取ったこともある。

熊は男の手によって、余すところなく保存食にされた。
ある年の冬、村は大雪に見舞われた。
外部から遮断された村では、次第に食料も薪も足りなくなっていた。
男はためらうことなく蓄えを提供した。飢餓や寒さで死ぬことを回避できそうだった。
村の者たちは過去の悪口も忘れ、男に感謝した。
ところがその時、村で流行り病が起きた。
外へと続く道は雪で閉ざされ、医者を呼ぶことも薬を手に入れることもできなかった。
たくさんの村人が死に、その中には男の妻もいた。
男は嘆き悲しんだ。
そして、オオカミとともに姿を消した。
それ以来、彼らの姿を見た者は誰もいない。
男は化身を解いてオオカミに戻ったのだと村人は噂した。
山の中からは、オオカミが絶滅した現在でも時折遠吠えが聞こえる。

【エノキ・カオリ著『詩季村の伝説』より抜粋】

第四部　それなりの結論

感謝するよ　出会っても他人同士だということに
幸せをかみしめている　出会っても他人同士だということに
形容し難いくらいさ　出会っても他人同士だということは

春

朝ごはんを済ませてから外に出た。彼の知り合いを探すためだ。

名前が無いのも何かと不便なので、タロウさんと呼ぶことにした。

この村には三十軒ほどしか無いから、一軒ずつ確かめたとて、すぐに終わってしまう。

結局、誰もタロウさんのことを知らなかったし、心当たりもないらしい。

そもそも、村の者ではない男が山から運ばれて来たことは、昨夜《ゆうべ》のうちには知れ渡っていたはずで、思い当たる節があれば、すぐにでも私のところに確かめに来ていたことだろう。

「この村に、お知り合いはいないようですね」

一晩明けて未だに誰も来ていないというのは、そういうことなのだ。

「どうやら、誰も助けてはくれなさそうだ」

タロウさんが言った。その顔には諦《あきら》めの色が滲《にじ》んでいる。きっと私も同じような顔になってい
るに違いない。申し訳ない気持ちが、さざ波となって押し寄せる。彼を見捨てるわけにはいかな
い、そう強く感じる。

とは言え私には、この厄介事を片付ける術などないのだが。

とにかく、何か一つでも手掛かりが欲しいけれど、今の所は糸口すら見つからない。

いよいよ困ってきた。

すがる思いで、最後は長老のカエデさんの所に立ち寄った。

カエデさんは昔から面倒見の良い人で、村の者は皆、身内の様に慕っている。

しかし、私にとっては、身寄りのない自分を、男手一つで親代わりになって育ててくれた、本当
に親のような人だ。

皆の前では長老として接しているけれども、心の中では今も父だと——たった一人の身内だと思
っている。

「大した怪我がなかったのは何よりだ」

そう言うと、いかつい声には不釣り合いな柔らかい面持ちで、父は笑った。

「笑い事ではありません」

私は、ついきつい口調で父をたしなめてしまう。

「何を言うか。笑っておれば大方のことは乗り越えられるものだ」

そう言って、父はまた笑った。

「そんなに上手く行くなら苦労はしませんよ」

私は思わずむきになってしまう。

「笑う余裕を失くすから、上手く行かんのだ」

父は笑った。よく笑う人なのだ、昔から。

「それは——確かに、そうかもしれませんが」

悔しいが、父の言うことは概《おおむ》ね合っている。筋が通っているかどうかはさて置き、役に立つのは間違いない。

父も、タロウさんのことは既に聞き及んでいた。

私は彼が何も覚えていないことを父に告げた。父の顔が珍しく険しくなる。

「それで、タロウと言う名前は——どうやって」

「それは私が勝手に。名前がないと、呼ぶときに不便だから」

「何か身元が判るような物は持っていないのか」

「お財布が一つだけ。中にはお金しか入っていませんでした」

父は黙ってしまった。気まずい静けさ。

しばらく考え込んだ後、父は意を決したように話してくれた。

強く頭を打つと、それまで覚えていたことを、自分の名前までも、全て忘れてしまうことがあるのだそうだ。父も若い頃に一度だけ、そうなった者に会ったことがあるという。その人は一ヶ月ほどで思い出したそうだが、ずっと思い出せないままの者もいるのだとか。

いつまでも思い出せなかったらどうしようか、そんなことを考えながらタロウさんの横顔を眺めていたら、彼が急にこちらを向いて目が合った。

私はとっさに下を向いた。そうしてしまってから、嫌な感じを与えてしまわなかっただろうか、と考えた。慌てて目を逸らしたりして、冷たい仕打ちに受け取られたりはしなかっただろうか。

微笑むぐらいしておけば良かった。

伏し目がちに見ると、彼もまた、済まなそうな顔で下を向いていた。

いっそ泣いてしまいたい気持ちだ。

こんな時、すぐに泣けたら楽だろうに。

立ち上がり、父に感謝を伝え、帰ろうとした時だった。

「あれは――本当に覚えておらんのか」

父はタロウさんの背中に問いかけるように、呟《つぶや》いていた。

一体、何のことだろうか。

「あんな山の中で何をしていたのでしょうか」

父の家を出てから、努めて明るく聞いてみた。

もちろん彼が覚えていないことは分かっている。

ほとんど自問だった。

あそこは細い道はついているが、どこかへ抜けられるわけではない。山菜を採りにでも行かない限り、村の者でさえ滅多に通らないような所だ。

そう告げると、彼は少し考えてから口を開いた。

「何かしなければならないことが――目的があってここに来た感覚はある。だけど、それが何なのかが思い出せない」

しかし、あそこで出来ることと言えば山菜を採ることぐらいだ。

改めて彼を見るが、山菜を採りに山に入ったとは思えない。

昨日も手ぶらで、カゴすら持っていなかったはずだ。

他所《よそ》からわざわざ足を運ぶような穴場でもない。

村に行こうとして道に迷ったのだろうか。

だとすると、村に用事があったのだろう。

この村に外から人が来るとすれば、その目的は限られる。

「毛皮を買いに来たというのは、考えられないでしょうか」

「毛皮――」

「あの時、タロウさんは何も持っていなかったから、行商でもないだろうし。売りに来たのではないとしたら、買いに来たってことではないでしょうか。この村に来て買う物といったら、毛皮くらいしかないです」

先ほど、この村で毛皮を売っているタチバナさんの所には立ち寄った。

タチバナさんもタロウさんの知り合いではなかったので、軒先で少し話しをしただけですぐに帰ってきた。中に入れてもらって、毛皮でも見れば何か思い出すのではないだろうか。

毛皮と聞いても彼には思い当たる節はなさそうだったが、他に手掛かりもない私達は、タチバナさんの元へと再び向かうことにした。

店の前には女の子が遊んでいた。タチバナさんの娘だ。

確か三才になったばかり。笑うと右の頬に可愛い笑窪が出る。

私の顔を見るとにっこりとほほ笑んでから、店の中に駆けて行った。父親を呼びに行ったのだろう。

すぐにタチバナさんが出てきた。戻ってきた私たちを見ると怪訝《けげん》そうな顔になったが、訳を話すと、二つ返事で快《こころよ》く招き入れてくれた。私も中に入るのは初めてだ。

「毛皮を買いに来る客かい――昨日も今日も予定はないね」

「そうですか」

こちらからもタロウさんの身元を突き止めることは出来なかった。

「だけど、前もって連絡してくる客は少ないからね。いきなり来る奴ばかりさ」

タロウさんも、そんな客の一人だったのかもしれない。

店の中は思っていたよりもさっぱりしている。

生々しい解体作業を想像していたので肩透かしを食らった。

聞けばそれらの作業は他で行われていて、ここは毛皮を売るだけだという。

それでも、ずらりと並んだ毛皮は、それが生きていた時分のことを考えると少し可哀想な気がした。

命を奪っていることを考え始めたら、食べるのだって可哀想になる。

もちろん食べることだって毛皮だって、私達が生きていくために必要なことだから、否定するつもりはない。

私達は、生きなくてはならないのだ。

生きているものへの感謝の気持ちがより深くなる。

毛皮の中に混ざって、一枚の絵が壁に掛けられていた。

絵にはタチバナさんが描かれている。

どうやって描いたのか判らないが、本物そっくりだ。

「この絵は、どうやって描いてあるんですか」

私はタチバナさんに尋ねた。

「ああ、違う違う」

タチバナさんは、くしゃくしゃに笑った顔の前で、大きく右手を振った。

「違うって、何が違うんですか」

「違うんだよ、それは――絵じゃない」

「絵じゃない――のですか」

絵ではないとは、どういうことだろうか。

「うん、先月、町に行った時にね、なんと言ったかな、舶来のやつでね――。写真――とかいうんだったかな。そうだ今度、みんなで行きましょう」

要領を得ない話だった。

タチバナさんの話は、いつも要領を得ない。

私はタロウさんの近くに行き、横に立った。

「どうですか、何か思い出せそうですか」

タロウさんは、壁にかかるウサギやキツネやクマの毛皮を眺めている。

「すまないが――何も思い出せない」

タロウさんは本当に申し訳なさそうな表情で頭を下げた。

私は、思い出せないのは謝るようなことではないし、謝られても困る、と思ったことをそのまま伝えた。

彼は再び、すまないと頭を下げる。

しかし、手がかりがないのは何とかしたい所だ。

そもそも彼はどうしてあそこにいたのだろうか。

どうしてあんな急に近くに来られたのだろうか。

下草や、落ちている枝もあるから、音を立てずに歩くだけでも大変だろう。

冬が終わったばかりの森は、草木は多くても、まだまだ背が低かったり新芽しか付いてなかったりで、近くに身を隠せるような場所は無かったはずだ。

見通しが悪くなるのはもっと暑くなって、夏になってからだから。

私が視線を上に逸らせたのだって、ほんの数秒だったと思う。

数秒の間に静かに視界の外から忍び寄るなんてことが可能だろうか。
キツネとかタヌキとか、あるいは天狗にでも化かされているのだろうか。
そんなことを考えながら彼を見ていたら、すぐにバカバカしく思えてきた。
彼はどちらかというと化かされる側で、どう見ても人を騙すとは思えなかった。
「あ、そう言えば」
私は不意に、あの時に見つけた黒い板のことを思い出した。
崖の途中に落ちていた、真っ黒くて、漆を塗ったようにピカピカしていた黒い板。
タロウさんにも、それを伝える。
彼の近くに落ちていたのだから、何か関係があるのかもしれない。
彼の持ち物かもしれない。
どうして今まで忘れていたのだろう。
森の中を、獣道のような山道を進む。
普段は探しても見つからないのに、こんな時には山菜がよく目につく。
山の中に入るのが分かっていたら、カゴを持ってきたのに。
面倒だが、出直してこなくては。
山桜は、まだ満開だ。
風が吹くたびに、花びらが舞い散り、視界が淡い色で満たされる。
とても、綺麗だった。

慣れているとは言え、森の中には目印となるような物が少ないので、特定の場所を探し当てるのは骨が折れる。

ようやく、それらしき場所に辿り着いた。

草が乱雑に踏み潰されている。

おそらく昨日、彼を引き上げる時についた痕だろう。

ということは、ここが昨日タロウさんと出会った場所。

彼が、いきなり現れた場所だ。

昨日、私が立っていた所に立って、ぐるりと体を回す。

改めて周りを確認してみても、やはり身を隠せるような場所は無さそうだった。

一体彼は、どうやって現れたのだろうか。

タロウさんに続いて、滑り落ちないように恐る恐る斜面を降りて行く。

あの黒い板が、まだそこにあった。

落ちた桜の花びらの中で、一層その黒さが際立っている。

彼が手を伸ばしてそれを拾う。

一瞬、板全体が光を発した。

そしてまたすぐに、ただの黒い板に戻る。

「何だか分かりますか」

タロウさんに問い掛ける。

「いや、分からない。でも、取り敢えず持って帰って調べて——何だ、あの木は」

タロウさんの指差す方を見ると、幹に穴の空いた、あの木があった。

「ああ、あれは——変わっていますよね」

「なんで穴が空いているんだ」

訊かれても、私にも分からない。

正直に、分からないと伝えた。

タロウさんは険しい表情で、何も言わない。

他にも何か落ちていないか探してみたが、何も見つからなかったので、帰途につくため崖を登った。急な斜面を這うようにして上っていく。

元いた山道に戻ると、そこに犬がいた。

いや、違う。

これは——、

「あれは——犬だろうか」

タロウさんが訊いてくる。

私には分かった。

あれは犬ではない。

あれは——、

「オオカミです」

「オオカミ――」

「大きな声は出さないでください。大丈夫です、刺激しなければ人を襲うことはない、はず」

私はゆっくりと出来るだけ小さな声でタロウさんに注意する。

「穴が空いた木――」

タロウさんが呟いた。

「ゆっくりとここを離れましょう」

タロウさんの腕を引いたが彼はかたくなに動こうとしない。

そして、おもむろに私の手の上に自分の手を重ねる。

「ツバキ――」

私は名前を呼ばれてドキッとする。

「タロウさん、行きましょう」

彼は棒立ちのままで動かない。

私は彼の腕をもう一度引っ張る。

彼の顔がこちらを向いた。

目付きが先程までと違っていた。

別人のようだ。

「分かった。いや――思い出した」

「思い出したって、何をですか」

「すべてだ――」
そう言うと、彼の腕を掴んでいた私の手を、ゆっくりと解《ほど》く。
「――心配しなくても大丈夫」
彼はゆっくりとオオカミの方へと歩いて行く。
何をするつもりだろう。
いくら刺激しなければ大丈夫とは言え、この状況で近付くのは危険だ。
タロウさんが右手をオオカミの方へと差し出した。
そんなことをしたら噛まれてしまう。
私は思わず顔を背けて目を閉じる。
次の瞬間には彼の悲鳴が聞こえてくるだろうと覚悟した。
しかし、何も聞こえてこない。
恐る恐る目を開けると、彼はオオカミの頭を撫でていた。
オオカミは彼を襲うどころか足元にすり寄っている。
まるで忠実な猟犬が主人にするかのように。
「急ごう、俺達には時間がない。今度こそ、五年でなんとかしなくては」
彼はしっかりとした口調で、確かにそう言った。

夏

目を開くと、私の体は詩季村に戻っていた。

いつの間に山を下りたのだろう。

思い出そうとしても、どうにも思い出せない。

そもそも、ここが詩季村かどうかも疑わしい。

今朝方祖父と別れて後にした、私の知っている村とは違っていた。

見た覚えのない建物ばかりが建っている。

しかも、どれもこれも古めかしい。

何故詩季村だと思ったのだろう。

私は家と家の間の路地とも言えぬような隙間にいて、ぼんやりと通りの景色を眺めていた。

通りは誰も歩いていなかった。

脛《すね》に触る物の感触があったので足元に視線を落とす。

祖父の飼っているネコ達が、体を擦り付けるようにしてまとわりついていた。

足を少し広げてやると、二匹で連なり私の両脚を基軸として数字の8を描き始めた。

ぼんやりと眺めながら、私は何か大切なことを忘れている感覚に囚われる。

そう言えばフユキはどこに行ってしまったのだろう。

彼の犬達もいない。
彼の名を呼ぼうとしたが、声が出なかった。
そこでようやく、さっきから全く音が聞こえていないことに気が付いた。
ネコ達が私の足元から離れ、通りの方へと駆けて行った。
そちらの方へ視線を移す。
変化があった。
男達が隊列をなして誰かを運んでいた。
こちらに向かってくる。
私の前を通り過ぎる時、運ばれている者の顔が見えた。
担架に乗せられて運ばれているのは、フユキだった。
何があったのだろうか。
まさか、死んでしまったのだろうか。
男達の後ろから一人の女性が不安そうな表情で歩いている。
何だかみんな、すごく昔の服を着ているようだった。
時代劇の撮影でもしているのかもしれない。
私は辺りを見回してみるが、撮影スタッフもカメラも見当たらない。
気がつくと辺りは真っ白な雪に覆われていた。
空からも次々に白い雪片が舞い降りてくる。

行列に目を戻すと棺が運ばれていた。
棺の傍らにはフユキの姿も見える。
良かった、死んではいなかった。
しかし、ひどく悲しそうな顔をしている。
葬列のようだった。
フユキの後ろには犬達が付き歩いていた。
一行は山へ向かって進んでいる。

山を見た。

次の瞬間、私の体は山の中に引き戻されていた。
急に恐怖が襲ってきた。
このまま、この山の中から私は出られないのではないのか。
入ることも出ることも出来るが、最後の一人は絶対に出られない。
一人が入れば一人が出られる。
だが最後の一人は絶対に出られない。
きっと結界が張ってあるのだ、そういう仕組みなのだ。
今までずっとフユキが山に囚われていた。

私が入ったから彼は出られる。

私が寝ている間に結界を抜けて、フユキは山を降りたに違いない。

この山の中にいると歳を取らない。

その代わりに出られない。

この山の中だけ時間の流れが止まっているのだ。

龍宮城に行った浦島太郎のように。

ここから出られたとしても、浦島太郎と同じように、下界は何百年も未来になっているに違いない。

どちらが幸せなのだろうと考えた。

外界と隔絶された山の中で独り永遠に生き続けるのと、短いながらも沢山の人達と生きていくのとは。

不意に、夢を見ているのだなと思った。

いや、こちらが現実なのかもしれない。

確証は無い。

夢と現《うつつ》の境目が溶けていくようだった。

私は本当にフユキと会ったのだろうか。

夢を見ているのではなくて、いつの間にか私は死んでしまっているのではないだろうか。

山道を踏み外し崖から滑り落ちた、あの時に。

死んでしまったことに気付かない私を、フユキは冥府《めいふ》へと送ろうとしているのではないのか。彼は死神なのかもしれない。亡き母の顔が脳裏を過った。いつも私の笑窪を、かわいいと褒めてくれた母。私は死んでいるのか？

私が生きていることは、どうやって証明したら良いのだろうか。

水滴が顔に当たった。雨のようだ。

横になったまま目を開けると、青空が広がっていた。

それでも雨が二滴、三滴と顔に降りかかる。

にわか雨だった。

キツネの嫁入りというやつだ。

なんだ、フユキはキツネだったのか。

死神じゃなくて良かった。

そんなことをぼんやりと考えた

上空でトンビが丸く輪を描いて、ピーヒョロと鳴いた。

そこで多分、私はようやく目が醒めた。

辺りは、もう充分に明るくなっている。

そこは昨晩と地続きの世界だった。

あの木も、あの形のままそこにあった。
しかしフユキの姿も、彼の犬達も見当たらない。

既視感。

私は一人取り残されていた。
昨日と同じ様に山の中に一人、取り残されている。
今回が初めてではない。

私は、いつも取り残されている。

不意に私は幼少期の記憶を取り戻した。
幼い頃に私はこの森で道に迷い、崖から滑り落ちたことがある。
そこで誰かに助けられた。
顔は明確には覚えていないが、若い男性だった。
きっとそれはフユキだったのだと、確証はないが、そう思う。
私は子供の頃に彼に出会っている。
どこかで会ったことがあると感じたのは、気のせいではなかった。

だから彼は私の名前も知っていたのか。どうして私は彼のことを忘れていたのか。

それどころか、山で迷って崖から落ちたなどという一大事まで忘れてしまっていた。

辛い記憶として封印してしまっていたのだろうか。

自分の記憶に、どんどん自信がなくなっていく。

自分自身のことなのに、重大な出来事のはずなのに、何故忘れることができたのだろうか。

しかし、あれから二十年近く経っている。

フユキは年を取っていないのか。

やはりこの山の中に取り残されている間は、年を取らないのだ。

たった一晩のつもりだが、詩季村に戻ったら何年も、何十年も経っているかもしれない。

そもそも、私はここからは抜け出せないに違いない。

そんな予感がする。

それに、森の中で迷ったことは思い出したが、何故一人で森の中に入ったのかは、いまだ謎のまだ。

村から一人であんな所まで登ったのか。

それとも――。

私は一つの仮説を思い付く。

あまりにも突拍子も無い説だが。

私は、あの時——気が付いたら、あの木の前にいたのではないのだろうか。

現代から過去に行った者がいるのならば、過去や未来から現代に来る者があっても不思議ではない。

私もまたタイムスリップして、元の時代に帰れなくなった者の一人ではないのか。


私は、どこから来たのだ？


昔のことを思い出そうとするが、頭の中に霧がかかってしまったかのように、茫洋としている。

ここは現実なのだろうか。

現実とは何なのだろうか。

もう、わからない。

昨夜一緒にいたのは誰なのだろうか。

本当に誰かいたのだろうか。

誰もいない暗闇に向けて、ずっと独り言を喋っていたのではないのか。

焚き火は、火が消えて煙だけが薄く立ち上っている。

それだけが辛うじて昨晩の、フユキがいたことの証拠のようだった。

秋

出発の時刻が近づいてきた。

着替えを終えたヒイラギは、既にガラスに隔てられた別室で待機している。

時代考証を済ませた、非常にレトロなスタイルの衣装に身を包んでいる。もっとも、レトロなのは見た目だけで、素材は最新の物を使っているから、頑丈で汚れにも強いはずだ。

それを確認しながら、私はコンソールのタッチパネルを操作し作業を続ける。作業といっても、ほとんどはモニターに現れる文書に目を通し、イエスを選択するという単純なものだ。

余程のことがない限りノーを選ぶことはない。

私は機械的に作業を続けながら、友人の様子を窺った。

旅行への緊張からか顔色が悪いようにも見える。

赤外線モニターでは、体温が彼の平均値を〇・四度下回っている。

寝不足なのだろうか？

私の視線に気付いて友人は微笑んだ。

「エナ」

友人が私の名を呼ぶ声が、スピーカーを通して聞こえた。

「何か問題でも」

「ネコは元気？」

「うん、問題無い」

「何歳になる？」

「それは、ネコのこと？」

「ああ」

「分からない、一緒に生活するようになってからは五年になる」

彼らは、ある日突然私の前に現れた。

五年と二十三日前のことだ。

それは私が、銀杏の葉のサンプルを求めて研究所の外に出た日だった。

研究所の中庭には大きなイチョウの木が十本生えている。

季節はちょうど葉が黄色く色付き始めた秋だった。

私は手頃な葉を三枚選ぶと、自室に戻ろうと取って返した。

研究所の入り口。

彼らは私のことを待ち構えていたかのように、横並びに揃って座っていた。

そして、私のことをじっと見ていた。

屋外に動物がいるのは非常に珍しい。

ここは保護区ではないのだ。

昔はノラネコという存在があったらしいが、今の時代には聞いたことがない。

どこかから何かの拍子にペットが外に出てしまったのかもしれない。

しかし、調べてみても、体内にマイクロチップも埋め込まれていなく、識別信号も発していなかった。

迷い猫の届け出も、捜索願もどこにも出されていなかった。

飼われていたのは間違いないようで、人間には慣れていた。

二匹とも、理由は定かではないが奇妙なほどに私に懐いた。

しかるべき所に問い合わせると、昔は保健所という施設があったらしいが、今はもうないので、預かって欲しいと言われた。

当初は数日預かるだけのつもりだったが、結局飼育の手続きを済ませて、そのまま一緒に暮らしている。

「そうか、五年か――。五年という時間は長いようで、あっという間だな。ところでエナ、人間はどうして死ぬんだろうか？」

重い質問が飛んで来た。

私は〇・八秒で生物学的な答えから、哲学的な答えまで四通りほど用意する。

彼が求める答えは、どのタイプだろうか？

現在、人間の寿命は千年とも二千年とも言われている。

ただし、そこまで生きた人間は、まだいない。

この問題の検証には、時間を要するのだ。

千年だとか二千年だとかは、あくまでも理論上の値に過ぎない。

しかも、不老だそうだ。

それに、事故などで体の大部分を失っても、適切な処理をすれば元通りになるし、事前にバックアップしておけば完全に体が無くなっても、人工細胞で創ったボディにインストールすることもできる。それはもはや復活と表現した方が相応しい。

希望すれば、ロボットやアンドロイドとして生き返ることも、肉体を捨てて精神だけをヴァーチャルの中に移すことも可能だ。

バックアップを残さずに、自然な死を選ぶ自由は残されていても、人間は、もう死なないと言っても過言ではない。

ヒイラギは、自死のことを指しているのだろうか？

人間が自ら死を選び取る理由とは、何だろうか？

「君が求めるのは、生物学的な――」

私が答えようとするのを彼は手で遮った。

「いや、生物学的な死のことじゃないんだ。寿命や事故や病気で死ぬというのは、納得はできる。しかし、歴史的に見て、この世にはそういう死とは系統の異なる、不自然な死の例があると思わないか？」

滅多なことでは死なない人間もいれば、些細なことで死んでしまう人間もいる。

それは事実だ。

大事故に巻き込まれても生還する者がいる。

その一方では、つまずいて頭をぶつけて亡くなってしまう者もいる。

前者は強運の持ち主とみなされ、後者は不運だと憐れまれる。

ヒイラギの言う不自然な死とは、この不運な者たちの中の、更に劇的に不運な事故に巻き込まれた被害者のことのようだ。

確かに、死因が「頭を少しばかり強く打ち付けたこと」では、不運としか形容できない。

しかし、それは実際に起きている。

それは運命としか言いようがない、奇特なことだ。

だが、それが一体何を意味すると言うつもりなのだろうか？

私には解答が見つからない。

「これから過去に行って俺が取る行動は、その先の未来に影響を与えるはずだ。もちろん、旅行先での行動には厳しい制約がかけられている。しかし、果たして全員が律儀に守っているだろうか？それにバタフライ効果だってある。些細なことが後の世界で大きく影響してしまう可能性は捨てきれない」

確かに彼の言葉には説得力があった。

「だとしたら、どうして政府はタイムトラベルを禁じていないのだろうか？　どれだけ人選を厳密にしたところで、危険な思想の持ち主を完全に排除することはできないのに」

私は論理的に導き出された質問をした。

「余程自信がある、ということだろう」

「自信？」

私には、その意味が解らない。

「奇妙な死に方の一方で、大事故でも無傷で済む者がいる。そこにはどんな差があるのだろうか？過去は変えられず、未来は既に決まっているのだとしたら、それらのことを説明できるんじゃないのか？　ストーリーの整合性を保つために、人の生死は決められていて、歴史を変えることは不可能だとしたら？　自由意志など存在せず、俺達は予め定められたレールの上を進んでいる。行き先を変えることも途中下車も不可能で、脱線することすら許されない。タイムトラベルで過去に戻っても、何も変わらないし、変えることも出来ない。もしも、政府がそれを最初から承知しているとすれば――いや、全て承知しているとしか考えられない」

友人は静かに断言した。

私は彼の説を演算しようと試みるが、仮定が大雑把な上にデータ不足だったので断念した。

話し込んでいるうちに出発の時間が迫ってきていた。

準備は滞りなく進み、あとは私の指先が最後のイエスに触れるだけだった。

過去での滞在時間は八時間に設定されているが、こちらには三分後に戻ってくることになっている。

カウントダウンが六〇秒を切ったところで、私はマイクで彼に問いかける。

「タガスに異常は無いか？」

ガラスの向こうで友人は首を縦に振り、やや遅れてスピーカーから「問題無い」と聞こえた。

私の指がそっとイエスに触れる。

カウントダウンが始まった。あと三〇秒。

「何があっても責任は感じないでくれよ」

彼は微笑んだ。

「まるで遺言みたいじゃないか。残念だか事故が起きる確率は限りなくゼロに近いから、遺言だとしても無駄になる」

私も微笑んで見せたが、果たして上手く笑えただろうか？

あと一〇秒。

友人は右手を上げて手を振っている。

ゆっくりと輪郭が溶解していく。

「これは俺が選んだ未来だ」

その言葉を残して、彼は消えた。

タイムトラベルは成功したようだった。

私は友人が最後に言ったことを、その意味するところを考える。

これは俺が選んだ未来だ——確かに彼はそう言った。

いったい、どういう意味だろうか？

友人に答えを聞くには、あと三分ほど待たなければならない。

ガラスの向こうの部屋を見た。

照明が落とされた薄暗い空間には、何も無い。

焦点が移動して、ガラスに映る自分が見えた。

口角を上げて笑顔を作ってみる。

上手く笑えているのだろうか？

自分自身のことは良く分からない。

他人の意見を参考にしたいが、この研究所の中にいては、人付き合いも望めないだろう。

唯一付き合いのある友人は、私と同じくらいに感情の起伏がない。

だから、その点では一緒に居ても参考にはならない。

モニターで時間を確認する。

友人が戻るまで、あと二分二十四秒。

異常は無かった。

彼は一七〇年前の地で、上手くやっているだろうか？

エゾオオカミが生きていた大昔の北海道は、どの様な世界だったのだろうか。

植生、生態系、景観、環境因子、大気組成――その何れもが現在とは違っていたはずだ。

当時のデータを取り寄せて、環境シミュレーターで再現してみようか。

昔の北海道と言えば――。

先日、エゾオオカミについて文献を探していて、興味深い物に行き当たった。

八〇年ほど前の論文で、北海道のある土地に残る古い伝説について書かれていた。

その伝説にはエゾオオカミが関係していた。

ただし、私の興味を引いた部分は、エゾオオカミとは関係がない。

伝説の取材で、祖父の住む土地を訪れた筆者が祖父を訪ねる件《くだり》があるのだが、そこに添えられた写真に写った猫が私と暮らしているネコにそっくりだった。

あまりにも似てはいたが、所詮は粒子の粗い写真だ。

私の見方のさじ加減で、どうにでも解釈できると思えば不思議ではないだろう。

この資料の中に、例の穴の開いた木の写真が含まれていた。

奇妙な符合。

それに、別の写真にも。

ある写真に、ヒイラギとそっくりな者が写っている。

あの資料は、彼が私に読むように勧めてきたもので――。


突然、警報が鳴り響いた。


モニターにも緊急事態を報せるアラートが出ている。

何かトラブルが起きたことは間違い無い。

モニターにヒイラギの識別信号を見失ったことを意味するメッセージが出た。
警報は鳴り続ける。
事故対応マニュアルを検索した。
警報の止め方が見つかった。
部屋の中が静かになる。
だが、肝心の、この状況に対処する方法が見つからない。
誰も、識別信号の喪失を想定していなかったのだろうか。
いや、それは考えにくい。
どこかに安全装置が組み込まれているに違いない。
もしくは対策が施されているはずだ。
背後でドアが開いた。
きっとこの騒ぎを聞きつけて誰かが駆け付けて来たのだろう。
振り返ると——。

そこには、タイムトラベルで過去に行ったはずの友人が立っていた。
私は咄嗟に何が起きたのか理解できない。
この状況から推測するしかない。

彼は不安そうな顔で私を見ている。

そして、その腕の中には一匹の仔犬を大切そうに抱き抱えていた。

いや、それは多分、犬ではなくオオカミ――それもエゾオオカミの子供だろう。

私はそこで全てを悟る。

どんなに突飛な結論であろうとも、事実は常に一つしかない。

タイムトラベルで過去に行った友人は、何かしらのトラブルに見舞われて、この時代に戻ってこられなくなった。

戻れなくなった友人は、生き続けたのだ。

十九世紀から、今まで。

長い時間だ。


そして。


この時を、自分が過去に旅立った瞬間を目指して帰ってきたのだ。

私は友人に労《ねぎら》いの言葉をかける。


「お帰りなさい――ヒイラギ・フユキ」

冬

森の中は冬だった。

しんしんと降りしきる冷たい雪に、俺は押しつぶされてしまいそうになる。


夢を見ているようだった。


目の前には、俺が立っている。

鏡、ではない。手にしている物も着ている物も違う。

俺は、亡き妻の墓前にじっと佇《たたず》む、己の姿を、眺めている。

あちらは俺に気付いていない。

もう一人の俺は、ネコを二匹抱き抱えていた。ツバキと一緒に暮らしていた頃に飼っていたネコ達だ。二匹とも俺に気付いているように、じっとこちらを見つめていた。

ゆっくりとまばたきを繰り返し、大きく一度あくびをした。

背後に目をやるとオオカミの群れが、じっと俺からの指示を待っていた。

群れのリーダーが進み出て、俺の手の甲をペロリと舐めた。

世界はそこで暗転した――。

森の中は春だった。

永い旅を終えて、俺はまたここへ来た。

帰って来たと言った方が相応しいだろうか？

久しぶりに見る景色は、あの時と何一つ変わっていないように見える。

いや、実際に変わっていないのだろう。

最初に訪れたあの時から、何一つ。


初めてツバキに会った時、彼女はとても優しかった。

山の中で出会ったばかりの見知らぬ俺を、村まで案内してくれた。

村にあるタチバナの毛皮店にも連れて行ってくれた。

俺はそこで、出来るだけ多くのエゾオオカミの毛皮からサンプルを採取した。隠し持ったケースにエゾオオカミの毛を収め、それで、任務はほぼ完了したようなものだった。買わずに帰るのも怪しまれると思い、後から来る連れの者が購入すると告げて店を後にした。

ツバキとも、そこで別れた。

後ろ髪を引かれる思いだったが、俺は山の中に戻り、所定の場所で回収されるのを待っていた。

しかし、予定の時間を過ぎても回収されることはなかった。

スケジュールが変更されたのか、それとも携行してきたタガスに不具合が生じたのか。

日が暮れかけて、いよいよ俺は何か重大なトラブルが発生したのだろうと覚悟した。

どんどん暗くなっていく山の中で、獣の物と思しき息吹を感じた。

身の危険を感じて村に戻ったところで、俺はツバキに再会した。

ツバキにどうかしたのかと聞かれた俺は、少し迷いはしたが自分が置かれた状況を伝えた。

もちろんタイムトラベルのことなどは言えないので、迎えの者が来ない、自分も持ち合わせが少ないから自力で帰れそうもない、そんな言い方になった。

ツバキは少し考えた後、お金を貸したりすることは出来ないけれど、と前置いて、迎えの人が来るまで自分の家に居てもらっても構わないと言った。

聞けば、幼い時に両親と生き別れ一人で暮らしているから気兼ねは要らないと言う。

とは言え一人暮らしの若い女性の家に身を寄せることには躊躇《ちゅうちょ》した。

この時代の習俗について詳しくはないが、良からぬ噂を立てられはしないかと気が咎《とが》めた。

しかし、軟弱な自分が一人でこの時代を生きていける自信も無い。快適な生活に心も体も甘やかされた俺では生き残ることは不可能だ。

元の時代に帰れる当てはないのだ。

俺は甘んじて彼女の提案を受け入れた。

後に何故そこまで親切にしてくれたのか、本人に確認してみたことがある。

彼女は不思議そうな顔で、困った時は助け合うものでしょう、と答えた。

それに悪い人には見えなかった、と評されて俺は悪い気はしなかった。

ツバキの家には二匹のネコがいた。

彼女が物心つく前から一緒に暮らしているのだという。

身寄りの無いツバキが寂しがらないようにと、育ての親がどこかから連れてきたらしい。

それが本当だとすると、かれこれ二〇年近くも生きていることになる。

長く生きたネコは、猫又という妖怪になるのだとツバキは笑いながら教えてくれた。

彼らは果たしてまだ、普通のネコであるのだろうか。

ツバキの家に身を寄せて数日もすると、当然のように噂になった。

カエデという名の長老のような老人の元に呼び出され、それとなく関係を質《ただ》された。

俺は可能な範囲で自分の置かれた状況を説明した。

老人は一定の理解は示してくれたが、この村に居たいのならばきちんとけじめを付けなさいと諭《さと》された。

どうやら結婚しろという意味のようだった。

お互いに好意があるかすら確かめていないし、まだ手すら繋いではいない。

困惑する俺の横で、ツバキはきっぱりと夫婦になりますと宣言してしまった。

後に知ったのだが、この老人はツバキの育ての親だった。

ツバキは子供の時に山の中で保護されたのだという。

歩くのがやっとで、言葉も、自分のツバキという名前だけが辛うじて言えたそうだ。

両親の顔も覚えていないという。

なぜ山の中にいたのか、今となっては知りようもないだろう。

小さい子供が一人で行けるような所ではなかったそうだ。

ならば、捨てられたのか、どこかで神隠しにあった子供なのではないのか、天狗にさらわれて来たのではないか――村の者は皆、勝手な噂だけ立てて誰もツバキを引き取ろうとはしなかった。

見兼ねたカエデが引き取って男手一つで育ててくれた――ツバキは笑顔で教えてくれた。

俺が村の者の冷たさをなじろうとすると、すかさず「責めてはいけない」とツバキは言った。

「皆、自分達家族だけが食べていくのも精一杯なのだから」

俺が生まれた時代とは違い、生きていくだけでも大変な時代なのだ。

こうして俺達は晴れて夫婦となった。世間一般の幸せというものがどういったものなのか判らないが、俺は幸せを感じていた。ツバキも同じ様に幸せを感じてくれていたと思う。

そうであることを願う。

ところがそれから五年後、寒波と大雪がこの村を襲い、ツバキは俺を遺して死んでしまった。

生き物は死ぬ、という事実に直面して俺は大いに困惑した。心も体も、その半分が死んでしまったように、感覚のすべてが鈍い。

ツバキの葬儀が終わって、気が付くとネコ達がいなくなっていた。

それまでも数日いなくなることはあったが、今回は何日経っても帰ってこなかった。

春になり、俺はようやく諦めた。

ツバキがいなくなったから、もうこの家に居たくなくなったのかもしれないし、二匹とも賢かったので、自分の死期を悟って俺の前から姿を消したのかもしれない。

彼らはもう高齢だったのだ。

俺は自分にそう言い聞かせて納得した。

そして俺は孤独になった。

孤独ながらも生き続けた。

何年経っても一向に老け込む気配が無かったので、不審に思われないように、生活の拠点を山の中に移し、出来るだけ誰とも会わないようにして隠遁生活を続けた。

山の中での生活に慣れてくると、エゾオオカミの習性を研究した。

彼らは既に保護が必要なほどに個体数を減らしていた。

山の中を歩き回りＤＮＡが抽出できそうなサンプルをできるだけたくさん採集した。

最終的に、数頭は俺が近くに行っても逃げないくらいには慣れた。

しかし、彼らを救うことは出来ず、エゾオオカミは絶滅してしまった。

その後、俺のことを知っている者が死に絶えた頃合いを見計らって山を下りてみると、俺とツバキのことが村の伝説となって残っていた。

俺は驚いた。

カエデが死ぬ前に書き残したのだという。

血が繋がっていなかったとは言っても、自分の子供として育てた娘なのだから、愛していたのだろう。誰かには覚えていてもらいたい、そんな心理が働いたのかもしれない。

さらに俺が忽然と姿を消したことも、印象を深くしてしまったようだ。

オオカミ男のような扱いには笑ってしまったが。

まるで、妖怪だ。

それから二〇五〇年までは想像以上に早く過ぎて行った。

俺は大切に保管していたエゾオオカミのＤＮＡサンプルを携えて、タイムトラベル直前の自分の元に赴いた。

実はこの時点でもまだ、自分がどうすべきなのか決めかねていた。

決断したのは、もう一人の自分と対面した瞬間だった。

あそこに戻ろう、もう一度。

俺は、驚きで硬直しているもう一人の自分に、事の経緯を伝えた。

驚くほどスムーズに話は通じた。

そして俺は、もう一人の自分に提案した。

俺が、もう一度過去に行くことを。

これだけ多くのエゾオオカミのＤＮＡサンプルがあればタイムトラベルをしなくても済みます、ともう一人の自分が諭《さと》してくる。

だが、それではこの時代に俺が二人も存在し続けることになってしまう。

何より俺はツバキともう一度会いたかった。

そして彼女を救いたかった。

飢えと寒さから守りたかった。

そして二度目のタイムトラベル。

友人のエナは、俺達が入れ替わっていることに何一つ気付いていない。

今回もやはり、迎えは無かった。

俺は出来る限り前回と同じ様に行動した。

そもそもツバキが俺に好意を抱いてくれなければ一緒にはいられない。

最初の数日は常に緊張感があった。

同じ様なタイミングでカエデに呼び出され、晴れて夫婦になってからは、俺は五年後に向けて準備を始めた。

少しずつだが薪を集め、保存の利く食糧を増やし続けた。

ツバキには万一に備えてと説明はしたが、そんなにたくさんどうするつもりかと笑っていた。

きっと俺のことを、気の小さな慎重すぎる男だと思ったことだろう。

どのような男だと思われても気にならなかった。

やがて五年が過ぎ、大雪がやって来た。

山の中にある集落はあっという間に雪に埋もれ、抜け出すことも外部から入ることも出来なくなった。家々の食糧はすぐに尽きたようだった。蓄えは充分にあったので、俺は食糧も薪も分け与えられた。俺が覚えている限り、前回雪のせいで命を落とした者達から優先して配った。

予定ではあと一週間ほどで外部との行き来も出来るようになるはずだ。

このペースで行けば食糧も薪も足りそうだった。

助かったと思った。

まだ一人の死者も出ていない。

ところがその矢先、村にクマが現れた。

秋の天候不順で十分な食糧にありつけなくて、冬眠しそこなったのだろう。

餓えたクマは凶暴だった。

防ごうにも武器にできそうな物はろくに無い。何度も襲撃され、何人も犠牲になった。

奇妙なことに襲われたのは全員前回亡くなった者達だった。

そして、ツバキも――。

ツバキがいなくなって、ネコ達もまたいなくなった。

俺は長い時間をかけ、エゾオオカミを飼育し手懐けた。

山の中で人目を避けて、彼らと暮らし続けた。

世間では、エゾオオカミはとっくに絶滅したことになっていたが、俺と一緒に二〇世紀の末までは数体が生き延びていた。

もう一人の自分に、生体は渡せなかったが、DNAサンプルはたっぷりと残せた。

それで良かった。

俺が彼らを手懐けたのは、生体を残すことだけが目的では無い。

俺にはある考えがあった。

一つの確信が芽生えていた。

そして、三度目のタイムトラベル。

俺は三度《みたび》ここに戻って来た。

しかし、今回は最初から災難に見舞われた。まさか自分が記憶喪失になってしまうとは思いもよらなかった。たった一日ではあったが、期せずして今までとは違う行動をとってしまった。

このことが、その後どんな影響を及ぼしてしまうか気が気では無かったが、その後はつつがなく時間は過ぎて行った。

ツバキとも夫婦となり、俺はエゾオオカミを手懐けた。

予想していた通り、彼らは以前よりも遥かに簡単に手懐けることが出来た。

理由は分からない。

彼らは、俺を見つけるなり自分達から寄って来た。

信じられないが、一つの未来の出来事が、もう一つの世界の過去に、時空を超えて影響を与えているようだった。俺から見た場合、時間を遡《さかのぼ》ってと表現した方がしっくり来る。

俺は彼らをツバキのボディガードに仕立て上げようと目論《もくろ》んでいた。

クマが現れたとしても複数のエゾオオカミに守られていれば、そう易々と近寄って来られないだろう。武器として、猟銃も手に入れた。

こうして、食糧を確保し、薪を蓄え、エゾオオカミを訓練する日々が続いた。

念のため、村の周りに出没していた熊も仕留めておいた。

何度も繰り返しているので、全ての準備が順調に進んで行く。

前回までの経験を踏まえて無駄なく事は進められたが、余りに先走ってスケジュールをずらして
しまえば未来が予測しづらくなるというジレンマと闘わなければならなかった。

大雪が間近に迫ったある日、余所で買い付けた米が運ばれて来た。

前回よりも三日早かった。

そのせいか、いつも運んでくれる人夫と顔ぶれが違う。

どうしても都合が付かなく代わりの者が来たという事だった。

嫌な予感がした。

そして、また大雪がやって来る。

食糧もあり、薪もあり、エゾオオカミ達がツバキに寄り添っていた。

不備はないように思えた。しかし、嫌な予感は無くならなかった。

嫌な予感は当たるものだ。

村で流行り病が発生した。

米を運んだ人夫によってウイルスが持ち込まれたのだろう。

医者も呼べず、薬も無く、多くの者が死んで行った。

また、同じ者達だった。

俺はまた死に後れた。

休むことなく時は流れる。

三回目にして俺はエゾオオカミの生体を残すことに成功した。

まだ幼い個体だが、他の個体のＤＮＡサンプルとともに渡したので繁殖させるのは難しくないだろう。

毎回のことだが、自分自身に会うのは奇妙な感覚がする。

録画された自分の姿を見せられているような気恥ずかしさと、鏡の中の自分が語りかけてくるような不思議な気分だ。

これも不思議な事だが、もう一人の自分は、どこかでこの日のことを――もう一人の自分が現れることを予感していると言う。

だから俺が現れても驚かない。話もスムーズに進むし、細かい説明も不要だ。

何回もトラベルしたおかげで、毎回ちょっとした違いが生じることも分かってきた。

自然現象には変化は観察されなかった。

ツバキに会う直前にはいつもにわか雨が降ってくる。

その他も大筋はほとんど変わらないのだが、ツバキの言動にはほんの少しだけズレが生じる。

決められた到達点に辿り着くための細かな修正が施されているのかもしれない。

未来が影響しているのか、過去から何かの情報が届くのか、パラレルワールドになっているのか、本当のところは何一つ分からない。

だが、どうやら野生の物の方が影響をより強く受けているようだった。

俺が観察した中ではエゾオオカミが一番強く影響を受けていた。

その証拠に彼らの絶滅を防ぐことが出来た。

もちろん、我々が勝手に絶滅したと思っていただけの可能性はある。

そこには、地球の隅々まで把握しているという驕《おご》りがあるのではないか。

俺が保護しなくても、人間達の手が届かない所で、細々と生き延びていた、その可能性は否定できない。

しかし、俺は信じたい。

自分が微かながらも運命を変えることが出来るということを。

エゾオオカミは俺抜きでも生きながらえたかもしれない。

だが、時空を超えて俺のことを覚えているのも事実として観察される。

所謂《いわゆる》、野生の勘と呼ばれる物の正体はこれなのかもしれない。

興味深いのは友人のエナが全く影響を受けていないことだろう。

毎回注意深く観察しているが、時にはヒントになりそうな情報を提供しても、一向に俺がタイムトラベルを繰り返していることに感づく気配は無い。

これは彼女が、野生とはまるっきり対照的な存在、つまりはソウラクトだからだろう。

俺は何故何度もタイムトラベルを繰り返しているのだろうか?

その理由は自分でもよく分からない。

言葉で説明しようとしても、捕まえられそうなその瞬間に指の間からするりと逃げて行く。

ツバキとは毎回五年間しか一緒にいられない。

その五年間は俺にとっては何度も経験している五年間だ。

その向こうには一体どんな未来が待っているのだろうか？

ツバキが生き続ける世界、俺はただそれを見たいだけなのかもしれない。

それで世界にどんな変化が起きるのか、それとも何も変わらないのか？

未来は変えられないのかもしれない。

もしも、運命が予め決められているのであれば、そもそも俺が過去に行ったのは何故なのだろうか？　エノキ・カオリの本で見たツバキの写真に魅かれたから？　俺は何故、写真を見つけたのだろうか？　ただの偶然か、それとも――。


これは誰かがやり直している世界なのではないのか？


タイムマシンでは、どれだけ遠い過去でも行けるという。

それが事実なら百年どころか、何千年も昔に行って歴史を変えようとした者がいても不思議ではない。いや、むしろその目的で作られたのではないのか？　しかし、歴史は変わらなかった――いや、変えられなかった。だから政府はタイムトラベルを許している。

矛盾はしてないように思えるが、本当のところは分からない。

誰も教えてはくれないだろう。誰も俺には本当のことを教えてくれない。

それも、運命で決まっているのだ。

だが、希望はあると思う。

その一つは村に残る伝説だ。

伝説はすべて、カエデが亡くなる直前に書き残している物らしい。

タイムトラベルの回を追うごとに一つずつ増えていく。

彼は時空を超えて記憶を所持できているのかも知れない。

カエデのように、前回までの俺の行動が、次の世界の人達の心の何処か奥底の方に影響を及ぼしているのは確かなようだ。

その仕組みは分からないが、随所に観察される。

山の中であったエノキと言う女子大生も、その素質があるようだった。

あの二匹のネコ達も。俺の行く先々に現れるが、どう見ても同じ個体だ。

まさか、時空を超越しているとでも？

全てを見通しているかのような、あの目。

常に俺の心を見透かしているように見ている、あの目。

一体、どういうことなのだろうか。

それに、ツバキも。

ツバキも、心なしか、俺のすることに対して、どんどん協力的になっていく気がする。

何か感じる所があるようだ。

もうすぐ、ツバキが現れる。

一七〇年ぶりに彼女の姿を見ることが出来る。

だが喜んでばかりもいられない。

俺達には五年間しかない。

残された時間はそれしかない。

にわか雨が降ってきた。

あの角を曲がり、ツバキが現れるだろう。

だが——。

俺はツバキの前には姿を見せない。

そう、決めた。

ツバキが死なないように陰から護衛をする。姿は見せず、物陰から見守るのだ——存在は感じられても、決して視えることのない妖怪の様に。

案外と、妖怪の正体とは、俺と同じような趣意で歴史を変えようとしている存在なのかもしれない。

ならば俺は喜んで妖怪となろう。

今度こそ、歴史を変えるために。

愛しいツバキを、守るために。

エピローグ

森の中は、春だった。
桜の花が咲き誇り、使命を終えた花びらが舞っている。
額に一粒、水滴。
空を見上げた。
雲一つない、どこまでも青い空が広がっていた。
また一粒、眦《まなじり》に当り、涙のように流れて落ちた。
天気雨。
キツネの嫁入りだ。
視られている。
そんな気がした。
鋭い気配。
獣か、
それとも、
あるいは、
物の怪か。

右、
左、
いや、
後ろからか。
微かに草木が擦れる音。
音のする方を振り向いた。

人の物のような気配が立ち現れ、煙のように、すぐ消えた。

そこには、誰も、いなかった。

風に乗って、とても懐かしい匂いがした。

（了）

冒頭および作中各章の引用文は、『ストレンジャーズ・ホエン・ウィ・ミート』〈デヴィッド・ボウイ（筆者翻訳）〉によりました。

出会うときにはいつも見知らぬ私たち

発　行　日　2023年9月7日　初版第1刷発行

著　　　者　本山 冬空

発　売　元　株式会社 星雲社（共同出版社・流通責任出版社）
〒112-0005
東京都文京区水道1-3-30
TEL03-3868-3275　FAX03-3868-6588
発　行　所　銀河書籍
〒590-0965
大阪府堺市堺区南旅篭町東4-1-1
TEL 072-350-3866　FAX 072-350-3083
印　刷　所　有限会社ニシダ印刷製本

ISBN978-4-434-32752-0　C0093